王玉良 著

头一抹玫瑰红

XINTOU YIMO
MEIGUIHONG

敦煌文艺出版社

图书在版编目（CIP）数据

心头一抹玫瑰红 / 王玉良著. -- 兰州：敦煌文艺出版社，2018.11（2022.1重印）
 ISBN 978-7-5468-1663-0

Ⅰ. ①心… Ⅱ. ①王… Ⅲ. ①诗集－中国－当代 Ⅳ. ①I227

中国版本图书馆CIP数据核字（2018）第269159号

心头一抹玫瑰红
王玉良 著

责任编辑：杜鹏鹏
装帧设计：韩国伟

敦煌文艺出版社出版、发行
地址：（730030）兰州市城关区读者大道568号
邮箱：dunhuangwenyi1958@163.com
0931-8773114（编辑部）
0931-8773112　8773235（发行部）

天津海德伟业印刷有限公司印刷
开本 880毫米×1230毫米　1/32　印张 11.75　插页 3　字数 244千
2018年12月第1版　2022年1月第2次印刷
印数：1 001~3 000

ISBN 978-7-5468-1663-0
定价：58.00元

如发现印装质量问题，影响阅读，请与出版社联系调换。
本书所有内容经作者同意授权，并许可使用。
未经同意，不得以任何形式复制。

跟着季节行走的诗人

牛庆国

看到一朵玫瑰，我们就会感到热烈和温暖，感到仿佛有激情被点燃。那么，当我们看到无数朵玫瑰开得漫山遍野的时候，是怎么一种感受呢？这本书的作者王玉良就是从一个到处都生长着玫瑰的地方走出来的诗人。他的老家兰州市永登县苦水镇盛产玫瑰，这里的玫瑰叫"苦水玫瑰"，虽说加在玫瑰前的"苦水"二字是一个地名，但当我第一次看到"苦水"和"玫瑰"连在一起时，心里立刻生出一种沧桑感。如果按照习惯的象征手法，玫瑰象征爱情，那么苦水里绽放的玫瑰，是不是会让人浮想联翩，而格外心疼呢？

读完这本命名为《心头一抹玫瑰红》的诗集时，我感到每一首诗的背后都有一朵苦水玫瑰的影子。在那些热烈灿烂的玫瑰的目光里，有一位跟着季节行走的诗人。他在诗里呕心沥血，反复吟唱着这片土地上的春夏秋冬，吟唱着四季的风霜雪雨和白天黑夜，吟唱着那些诗意的瞬间、生活的片断、闪光的事物……从这个意义上说，这是一本抒写时间的诗。仅从他的诗歌的题目看，就有《黄土高原的春天，来了……》《春风沉醉的三月》《五月的故乡,我来了》《夏夜之歌》《秋天,这是家乡的秋天》《冬日的阳光》等等。当然,其中包括了思乡的情怀、感恩的亲情、温暖的友情和爱情,以及人生的诸多感悟。

一般来说,生活在城里的人们对季节的变换是不敏感的,只有生活在乡下的人们,才能深切地感到季节的冷暖和乡村色彩的变化,以及四季里的心境的不同。乡村人最知道春耕夏耘秋收冬藏的不同体验。王玉良虽然生活在城里,但他与乡村血脉相连,那里的日升日落云卷云舒,那里的天晴天阴,一朵雪花、一缕风都牵动着他敏感的神经。由此可以看出,他是一怀着深深的乡愁的人。有乡愁的人是有根的,是幸福的。同时,那巨大的乡愁,那广阔的乡村,也成了一个诗人创作的根据地,他可以从那里不断汲取营养,获得诗情,不断写出打动人心的佳作。这样的诗作,既是乡村生活的写照,也是诗人心灵的光芒。

按诗歌评论者们惯常的划分,这本诗集不能划到乡土诗歌的行列。当然,我对这类划分向来不怎么认同,诗就是诗,没有乡村和城市之分的。因为诗歌不是理性的产物,它仅仅是一种感受、一种心态、一种情绪的有意味的流动,它在扑朔迷离中呈现人的愉悦、感伤和希求,是对生活、生命的独特感受,诗里出现的意象,仅仅是诗歌的载体而已。

基于对王玉良这样一位心怀虔诚,写作诗歌的初学者的欣赏,从他依照创作时间顺序排列下来的一首首诗歌作品中可以看到他杭育奋进的执着精神,见证着他从怀抱诗神的最初胎记,见证着他学养逐渐深沉的追求过程,见证着他诗思飞扬中张显的独特体验和个性。一个有希望的诗人必然是在一步步的跋涉中找到自己创作下去的路径的。

在这本诗集中,有一些诗歌深深地打动了我。比如《三个老人从青土坡上走下来》,用白描的手法,刻画了三位老农民的形象,真实生动,栩栩如生。作者精心选取了三个人最有特点的经历,写出了三个人不同的人生,当读到"三个花白头发的老人/从青土坡上走下来的时候/春风温暖得像母亲的呼唤/阳光正温暖地摸着他们的脸"这样的句子时,仿佛阳光正从他故乡的土地上轻轻拂过,拂过每一张年轻或者不再年轻的脸庞。这阳光可以被叫做岁月,也可以被叫做沧桑。

还比如《我从田野回来的时候……》,意境开阔高远,那时,"天空总是很蓝/空气总是很新鲜";那时,"高大的树木在辽阔的田野/指向云天之上"。冬天的清新扑面而来,一个人的心境如此澄明,这是一个诗意的冬天。

再比如《你们都成了一片片在风里飘散的叶子》《这个女人……》,读着读着,就感觉心头忽然掠过一丝隐痛。尤其是《这个女人……》,作者通过一些小小的细节,用诗歌的形式刻画了一个农村妇女的平凡、坚忍和伟大,这个"让我一想到她就泪流满面的女人",她的名字叫"母亲"。

细节的描写,是文学创作的基本手法,但诗歌作为一种高度凝练、概括的文学形式,对细节的要求极其严格,因此在诗歌中描写细节有很大的难度,但是诗歌中的优秀细节往往正是打动人心的地方。从以上举例的几首王玉良的诗歌来看,他在诗歌中用细节表达诗意的手法是比较成功的。

作为一位任教二十余年语文教学的王玉良来说,阅读和写作是一种雅好,深度一点说更接近一种生活状态。教师的职业恰恰能结合粘连在一起身体力行。写作又是一种生命的修行方式,恰恰又能在写作的实践中提升境界。这就是普通人做不到而诗人独享的财富。

《心头一抹玫瑰红》是王玉良的第一本诗集,是他一个时期创作的总结。在这里,我衷心地向他表示祝贺!也衷心祝愿他写出更好的诗歌,献给玫瑰盛开的那片土地和那片土地上的人们。祝福诗人!

是为序。

2018年10月 兰州

目录

在雪夜里等你	一
冬日的阳光	三
我是你的箭吗	四
清明祭姐感怀	六
五月的故乡，我来了	七
故乡的玫瑰花	九
无题	十一
当你老了	十二
村口的两棵老槐树	十三
父亲	十六
味道	十九
顽石！假如我是你	二十
雨……	二二
幽兰无语	二四
蝉	二七
一个下午	二九
你来了……	三一
夸父	三三

永远的天使	三四
写给我远方的朋友	三六
想起母亲	三八
青春	四一
夜雨	四二
师生聚会感怀	四四
进城十五年	四八
一个人的夜	四九
那些已经流逝了的美好的日子	五一
夜里，我不敢出声	五三
初秋的静夜	五五
星光	五七
校园里的老舍	五八
九月的天空正在酝酿一场雨	五九
深夜里，我渡过你的海洋	六〇
一棵树	六二
山鹰之死	六三
中秋的月	六四
老屋秋晨	六六
秋日还乡曲	六七
献给那弯清亮的月	六八
献给你，我的缪斯	六九
我安静地坐着	七〇
秋夜	七一
秋天，这是家乡的秋天	七三

写给亲爱的女儿	七六
病中吟	七九
深夜寄语	八一
落叶	八二
晚秋风物	八三
清秋	八五
我直视阳光	八七
写给亲爱的同学们	八九
暮秋无声	九一
记住一片叶子	九三
我愿是一片雪花	九五
霜降之夜	九七
我的大海	九九
十月一 送寒衣	一〇一
我走向雪中	一〇三
和自己说话的瞬间	一〇五
献给我已逝去的青春	一〇七
冬天在今夜来临	一〇九
冬夜风语	一一一
冬夜	一一三
想起了家乡	一一六
春天	一一八
失去了鸟鸣的天空	一二〇
雪地冬麦	一二二
像这样细细地听	一二四

冬夜读杜甫	一二六
对月吟	一三二
我从田野回来的时候……	一三四
冬的深处	一三六
一树梅花	一三七
冬至	一三九
北方冬天一个早晨	一四二
我,冬天里的一棵树	一四四
写在2014年元旦	一四六
冬夜怀乡	一四九
在腊月的阳光里	一五一
老屋	一五三
思想 灵魂	一五六
没有雪的冬天	一五八
怀念	一六〇
春雪	一六二
这一年……	一六四
就在那一瞬间	一六六
三月的风	一六八
聆听春夜	一七〇
夏夜之歌	一七二
等待	一七四
拱辛人生	一七六
被雨淋湿的夜	一七八
老屋月夜	一八〇

秋日登萱冒山	一八二
落雨	一八四
酒后……	一八五
我心中永远的坐标	一八七
窗外北方灰色的秋夜	一九二
深秋的午夜就这样来临	一九四
窗外	一九五
天真正地黑了	一九七
落雪之夜	一九九
秋天被剥去了衣裳	二〇一
断章之一	二〇三
断章之二	二〇三
静夜	二〇四
围城	二〇六
早晨的雪	二〇七
朔方的冬天	二〇八
冬天的乡村	二〇九
我爱……	二一〇
故乡二月二社火	二一二
初春	二一四
春夜之一	二一五
春夜之二	二一六
五月的深夜	二一七
五月里的诗人	二一九
别说话……	二二一

西湖的黄昏	二二二
车过渭河	二二五
写给我这个中年人的情诗	二二六
写给我三年朝夕相处的孩子	二二八
给我亲爱的女儿	二三〇
烈日下……	二三一
夜的灯……	二三二
秋雨	二三三
雪夜	二三五
赠故乡	二三七
我心中的那片海……	二三八
生活	二四〇
我在漫长的冬夜里	二四二
冬日的黄昏	二四四
冬至这一天……	二四五
湖……	二四七
铁窗	二四九
酒	二五〇
我们那时候……	二五一
三月雪	二五三
春风……	二五四
我想停下来……	二五五
在屋后的山顶……	二五七
夜语	二五九
明天,不	二六〇

早春的阳光	二六一
写给父亲	二六三
第一场春雨	二六四
春天里的一个下午	二六六
去看你的那天……	二六八
致已拆去的老屋	二七〇
又一片叶子落在冬天的门槛上	二七五
那是一个多么美丽的秋天	二七七
秋雨	二七九
窗外	二八〇
冬天里的一棵树	二八一
在春天里	二八二
春风沉醉的三月	二八四
你们都成了一片片在风里飘散的叶子	二八六
黄土高原的春天,来了……	二九〇
母亲、母亲……	二九二
慢	二九七
从来没有如此地走近你	二九八
从海门到上海	三〇〇
故乡的雪	三〇二
陡峭子	三〇四
三个老人从青土坡上走下来	三〇六
清晨	三〇九
太阳只出来了一小会儿	三一〇
那一小段时光在慢慢地生锈	三一一

四月 在故乡	三一三
这个女人……	三一五
玫瑰乡的歌吟	三一七
青海湖畔……	三一八
夏夜之水仙	三一九
读你的那一小段时光	三二一
疼痛	三二三
小树林	三二六
凤凰古城(组诗)	三二八
初秋之夜……	三三三
父亲	三三五
无题	三三七
故乡笔记	三三八
树	三四四
梦之外	三四五
春夜与李白对饮	三四六
初春漫笔(组诗)	三四八
你,是我生命里的一场宿醉	三五一
四月,推开一扇窗	三五三
李家坪的胡麻花	三五五
他,是我的父亲	三五六
我时常低头走路	三五八
故乡的一缕炊烟	三五九
后记	三六〇

在雪夜里等你

窗外干枯的柳枝
探着头缩手缩脚的
为何欲言又止
伸进我的窗儿吧
我在雪夜里等你

故乡的玫瑰树梨树杏树
今夜在锉刀般的北风里战栗
褐色的枝上悬着一个金黄的梨儿
是被星星抛弃的孤儿
故乡,我在雪夜里等你

屋后的彩凤山
在银子般的纯洁里
慢慢上升,迎接我梦里的星光
星星下垂,老屋上升三寸
弯月迎接着故乡柔弱的唇

门前的沙枣树低眉

照壁上泛着银色的光

应该是父母的笑容

也应该是乡亲的纯真

窗外是如斯的一片晶莹

故乡

我在雪夜里

恭候你的来临

2015年12月4日思乡之夜

冬日的阳光

面向南边的落地窗
在午后是一面金色的墙
阳光慵懒而不紧不慢的在流淌
却晒不干我含泪的眼眶

炉火边的猫微闭着眼
捧一卷发黄的经卷
冬日的阳光 躲进
菩提树下的明镜台
岁月微黄 刹那间
我已是白发苍苍

我是你的箭吗

我是你的箭吗?
在心思的箭袖中
你把我制成弯曲的弓
你使我的想法变成箭镞
锐利的 不断升起的箭镞
如此划裂我的生活

你把躯体当作箭杆
你无形的手
把我架在每个呼之欲出的
箭梢上打磨
直到锋利的一亮
光速一般抓住一个寓言
洞穿一个词语
融化一个想象

三番五次把我架在这柄弓上
销蚀着我的迟钝
敲打着我的沉睡

就是为把我变成一支
锋利到通体透亮的箭吗?

清明祭姐感怀

雨纷飞
鹃啼血
一抔黄土葬身骨
阴阳两相隔

坟头草
生离乱
芳容依稀在眼前
往事成云烟

一卷纸
三炷香
儿跪坟前痛唤娘
声声断人肠

挟小儿
哭娘亲
步步回首不相望
苍天泪雨降

五月的故乡,我来了

玫瑰花盛开的季节
回到充满欢声笑语的故乡
我闻到
微风里混合着
玫瑰 槐花 沙枣花的香

惠风和畅的五月
我来了 伴着父母的慈祥
我看到
丽日里投映着
父亲母亲的微笑与沧桑

哦 我热恋着的故乡
我的梦开始的地方
母亲曾把童年缝补得痛快欢畅
我也曾热吻过各种花的香

哦 铭刻着我痛苦的故乡
也埋葬着我的悲伤

那年十月 天降痛殇
父亲母亲却无比的坚强

魂牵梦萦的故乡啊
父亲母亲无数次给我力量
含着热泪,带着悲伤
我来了踉跄的游子
在父母的叮咛里来了

亲爱的故乡啊
在这收获玫瑰花的五月
在父母辛勤的汗水里
故乡 故乡!我来了……

故乡的玫瑰花

故乡的玫瑰花
我魂里梦里的牵挂
娇艳无瑕
如我乡亲鬓上的霜花

故乡的玫瑰花
我在你的幽幽暗香中长大
追求和梦想
是激情与热血碰撞的火花

故乡的玫瑰花啊
在你的芳香下追寻我失去的年华
你香醇芬芳
如天边一抹艳丽的朝霞

故乡的玫瑰花
像一团团燃烧着青春的火焰
在真情中诞生
在真情中离去……

我故乡的玫瑰花

红的胜火 粉的似霞

悠悠岁月里 开了一茬 败了一茬

哦 付出自己

渲染别人的玫瑰花!

2013 年 5 月 27 日

无题

爱是清晨的
一场飞雪
默默留恋在
你顽皮的嘴角

那扬起的双臂
恰似唐诗里对冰心玉壶的赞歌
那含蓄的笑靥
犹如宋词般婉约细腻

于是刹那间的萌动
化作穿越时空的记忆

2013 年 5 月 4 日

当你老了

用苍老的眼神
投向苍茫的大地或天宇
哪里曾留有你年轻的足迹
悲伤抑或欣喜 或淡或浓

韶华是最不可信赖的东西
就像只爱你靓丽容颜的人
当你把蜜语甜言一饮而尽
迷离的眼神是谁的假意或者真心

而今只剩二十年的苦守回忆郁闷
诉说心跳与流年碰撞的回音
心田掠过憔悴的颜惊起的哀伤
却能等到一个朝圣者的灵魂

当你老了 兰香不再幽深
追梦者倾听闲愁兰舟
当你老了 依然有人在相守
当你老了 自有鲛人如获至宝

村口的两棵老槐树

村口
两棵老槐树
在小桥的两旁
默默地 默默地守望了半个世纪

一路走来
怀揣着梦想与希望
伴着风风雨雨
槐花开了 谢了……

村口的老槐树
记得幼年时
为了你身上的槐花
一群孩童把你的躯干磨得锃亮

在风雨中伫立
像一尊雕像
目睹了多少悲欢离合
远行的游子去了 来了

用一双透视的眼神 张望着路口
见证了无数生离死别
送走了多少逝者的悲伤
也迎来了鲜活生命的欢畅

猛然看到
在你一树的槐香里
凝望我放学回家的
奶奶欣喜的眼神
爷爷苍老的身影

如今的老槐树
又是花团锦簇 枝繁叶茂
一群孩童的欢声笑语在你的怀抱里荡漾
乡亲们的生活和你一起蒸蒸日上

我又回到了家乡
看到父亲端坐在槐树底下
阴凉下的马扎上
和一群乡亲们一起

在浓浓的槐花香味儿里
数点着丰收的玫瑰花蕾

换来的一沓百元大钞
数点着梦想与希望

2013 年 6 月 14 日

父亲

——写在 2013 年父亲节

今天是父亲节
你也许从来没有听说过
因为你一直在
埋头做你的事儿

可是你不知道
在儿女的心里
父亲是多么亲切而又温暖的名字
想起你 我不禁泪眼婆娑

这么多年来
你总是无声无息地
过着默默无闻的日子
把我们的苦难与幸福不断地在心底里揉搓

你与母亲
在乡下彼此支撑
你那些苦恼烦心的事情

你从不与我说

你们像沙漠里的两棵红柳
顶着生活的酷暑与严寒
你们像山顶的两棵老松
为我们遮阴御寒

说你是山
你的身材没有山的伟岸
然而在我的心里
你比山还要巍峨庄严

说你是海
你的生活没有激起海的波澜
你一贯待人接物的风范
有比海还要宽广的情怀

没有太多的话语
却教会我勇敢和坚强
只用严峻的眼光瞟我一眼
就能感到你威严的力量
对你我只有敬畏和赞赏

当我也是父亲的时候

才知道你有多苦多累多难
当我也是父亲的时候
才懂得什么是真正的男子汉

如今
风霜吹皱了岁月的沧桑
你的皱纹在加深加长
您的声音不再是那样的洪亮
在每一个想起你的夜晚
我都想对你说
我深深地爱你 我的父亲
你的欢乐 就是我的欢乐
你的苦痛 就是我的苦痛

今天就是父亲节
我只能在这里为您献上,
我最真挚的情感:
祝您身体健健康康
愿您依然焕发荣光!

2013年6月16日

味道

或许是因为
腕表在静夜里急急的滴答
惊跑了我熟悉的
那个带着苦杏仁和巧克力的味道

于是
我开始深呼吸
用明亮的心在黑夜里搜寻
像深入地底的探矿的探针

隐隐约约 缥缈而至
那个味道似乎在飘荡
像风中刮过的红色的线绳
又像远方飘荡的歌声

瞬间 我找到了
张大鼻孔
深深地 长长地 贪婪地
吸了一口 浸润了肺腑

顽石！假如我是你

顽石！假如我是你
我会静静地待在山间溪流的怀里
偷偷地欣赏
百花盛开的妖娆
蝴蝶飞舞的妩媚

顽石！假如我是你
我会静栖澄澈的湖底
千年来独享孤寂
日日听潮起潮落
潮落潮起

顽石！假如我是你
我会倔强地挺立在边远的大漠
默默地承受
岁月无声的砥砺
风沙轻柔的抚摸

顽石！假如我是你

我会投身于激流涌动的江河
尽情地享受
滔滔江水的洗礼
一路向前的欢歌

顽石！假如我是你
我绝不会让他人把我随意雕琢
做了别人的装饰
从此
就永远地失去了自我

2013 年 6 月 18 日

雨……

昨天的雨让霏媚发荣滋长
可美丽的心情竟然能在缝隙里绽放
说好了
诗句将不再黯淡和悲伤
可是 思念总是逃不出哀伤的温床

午后的阳光似少女的眸子般清亮
你看 校园里的草木绿得春情浩荡
忽然觉得我充沛的血液在流淌
挥之不去我心里最初的幻想

窗外
一只白鸽画出了一个美妙的曲线
如云层上的希望被一道闪电点亮
也像
一次一次给我幸福的过往
可惜
我怎么也留不住拥抱的绵长

晚饭后的雨和昨天的一模一样
公园里
五颜六色的五月在雨里尽情怒放
思念
依然如蜿蜒在雨中的小巷
悠长 悠长

2013 年 5 月 15 日

幽兰无语

山野飘来的缕缕清香
悠远绵长
凝结堆积成
三闾大夫屈子的千古绝唱
纫秋兰以为佩
结幽兰而延伫

生长于深涧幽谷
蕴日月华光
可你依然静气而不张扬
片片花瓣像飞翔的翅膀
真可谓
为草当作兰 幽谷香飘远

落脚于大山密林
采天地灵气
和草丛为伍与溪流做伴
宛若裙装的兰叶涌动着流韵芬芳
滑过的清风,让每一个时空神清气爽

你无言的仰面

得的是天地自然的灵气

娇羞地低头

长的是山野水畔的趣姿

不谄媚于浮云

不低俗于尘世

幽幽的空谷

没有把你的娇羞掩藏

你静静地绽放

一缕清醇

是唤醒我心海的月亮

我躲在树影里悄悄地闪着泪光

淡雅的神韵

平静我浮躁的灵魂

与你相约

在芳香的路上

从此以后我没有了惆怅

也少了许多失意和彷徨

虽藏身于幽谷隐身于尘烟

任你与蝶舞双飞与土同眠

与你一见钟情 恍若梦里相识瞬间
倘若 没有你的世界，
倘若 见不到你淡定如水的容颜
我的心 将在万念俱灰中重生或毁灭

与你相遇在沉寂的空谷
不远不近的距离 不声不响的对视
一切笙歌曼舞的表白都显苦涩和迷茫
我竟无语凝噎
你的清纯 美好
依旧在情窦初开的花瓣上流淌

幽兰无语
空谷无言
仅须兰花半生
只求一瓣馨香
是来世与你朝夕相伴的私语
更是埋藏心底的诺言

2013 年 6 月 21 日

蝉

蝉在中国古代象征复活和永生,蝉的幼虫形象始见于公元前 2000 年的商代青铜器上,从周朝后期到汉代的葬礼中,人们总把一个玉蝉放入死者口中以求庇护和永生。

我曾穿着褐色的衣裳
默默地在黑暗的地底隐藏
年复一年 年复一年
根的汁液是我的仙露和琼浆

谁知道我成长的孤独和悲凉
谁又能了解我漫长等待的凄惶
耐心等待 耐心等待
岁月不会把我埋葬

蜕变与涅槃给了我重生的希望
我承受了一次又一次伤筋动骨的痛怆
冲出地层 破茧而出
羽化了黑暗的忧伤

从此,我可以栖于高高的树上
再见了 十七个春夏秋冬的寂寞悲伤
我要喊 要叫要欢唱
要发泄生命深处的悲凉

这整个夏天都是我的
为了生命之花能尽情地绽放
不再彷徨 不再忧伤
我要奏出生命中最释然的绝唱

我是一只蝉
为了换来一个夏天的自由与光明
在地底等待了十七年的
一只傻傻的蝉

2013 年 6 月 24 日

一个下午

焦灼的阳光
炙烤着无言的大地
窗外暗绿色的松树
一动不动 站立成沉思的姿势

整个下午
我在沉默
你在沉默
窗外的树也在沉默

我知道我闯了祸
漫长的等待告诉我
这一切不是我的错
更不是你的错

诗句竟变得如此苍白
无法表达
我内心的焦灼
甜蜜的愁绪

眼泪却很执着

在一个人的办公室里陪我

孤独 纠缠 寂寞

刺进我的心窝

闭上眼

翻开记忆的照片

眼睛不听使唤

总爱留恋岁月的容颜

心痛开始加剧

呼吸变得窒息

只能默默地听

时间流动的声音

在一个沉默的下午

在一个焦灼期待的下午

我独自数着不断滑落的泪滴

一滴 两滴 三滴……

2013 年 6 月 26 日

你来了……

温情而忧郁的夏天
如约而至
迈着深情款款的步子来了
来的时候我从窗户里看见了

柳丝疯长了
花儿更红了
凝固的空气燥热了
季节的呼吸急促了

灰暗的天空变得透亮了
沉默的大地变得喧闹了
沉睡的心像花儿一样开放了
我高兴地在你的怀里哭了

携着云带着雨
伴着雷随着风
你来了
我发狂了

血液凝固了
世界沸腾了
空调也无能为力了
要热 就热个痛痛快快

我深情地投入夏天的怀抱
是你唤醒了我 也是我融化了你
夏天让我如痴如醉
我也让夏天如梦如幻

夏天醉了 我也醉了
电闪了 雷鸣了
你哭了 那是夏的天空下雨了
要下 就下个开开心心

我住的城市
春天和秋天太短 冬天太冷
我热爱夏天
夏天 你就别走了

2013 年 6 月 29 日

夸父

追 追 追
前面是火辣辣的诱惑
心火一刻没有熄灭
一生的追逐是否就叫作执着

追 追 追
最初的梦想就是你前进的方向
哪怕喉咙焦灼干渴
河渭不足还有大泽

这样的热烈不息的追求
就是在追逐的路上
轰然躺倒
你的双目也将会化为日月

你的手杖
开出成片的美丽的桃花
那些枝丫间的红霞
被定格成追逐梦想的忧伤

2013 年 6 月 30 日

永远的天使

五月的雨静静的呢喃
敲打着难以入眠的窗
滴落在酸痛而缺乏勇气的眼里
是谁在不停地亲吻与抚摸
淋湿了午夜 淋湿了季节

就让它温温柔柔的下吧
我用火一样的热情
为你烘干淋湿的褶裙
我只要你做我
永远的天使

五月的雨悄悄地诉说
吵醒了问安后依旧守候的沉默
打开了一段尘封的岁月
是谁在倾听你轻柔的呼吸
如少女托腮沉思 如停顿与窒息

就让他无休止的下吧

我会让你烦乱的心情
做一次平静的旅行
我只要你做我
永远的天使

就让我们的岁月
在五月的雨里流失吧
脸上的皱纹我来为你抚平
今生今世
我只要你做我
永远的天使
……

2013 年 5 月 18 日

写给我远方的朋友

三十年
是什么概念
从懵懂的少年到沉重的中年
中间是互相打听的思念

三十年前的一次机缘
我们同坐在一扇窗前
思考着同样的问题
遵守着同样的时间

前天的夕阳里
意外接到你的来电
你说 你把我不曾相忘
我说 我还记得你的模样

那正值我们的金色年华
多少开心的故事
多少快乐的瞬间
回忆起来如在眼前

你说
我曾给你讲过传奇武侠
我说
我还记得你的羞涩腼腆

近三十年未曾谋面
说起来颇感沉甸
你说了你岁月的沧桑
我谈了我经历的磕磕绊绊

你我相隔遥远
只能在 QQ 视频见面
约好今年春节相见
到时我们再共同言欢

三十年的同窗之缘
在岁月的河流里
驱也驱不散
剪也剪不断

想起母亲

凌晨两点的夏夜
静的能听到自己的呼吸
我被一股载满思念的热浪包围着
我——失眠了

忽然 我想起了母亲
因为一幅画面
一幅铭刻在脑海三十年的画面
我想起了母亲

1983年
那年我十二岁
我第一次离开母亲的视线
到二十公里外的地方去读初中

一个大雪纷飞的数九寒天
母亲送我到公路边
母亲一手拎着一大包干粮走在前边
我流着鼻涕跟在后边

路很短
我们却走得很艰难
公路边等车的一对母子
在茫茫的大雪里就像两个黑点

透过纷乱的雪片
我看到了母亲冻得紫红得脸
回望来时的路
母亲的脚印深 我的脚印浅

等了很长的时间
班车终于来了
班车摇摇晃晃地
停在了我们的面前

我在母亲的叮咛中上了车
在离开母亲的瞬间
从她的眼神里
我读出了焦虑和不安

我有意识的走到了班车的最后面
透过车窗我看到母亲一动不动地
站在刺骨的风里 站在飞扬的雪里

母亲像一尊雕像镌刻在了儿子的心里

纵然飘飞的白雪迷离了我的视线
纵然泪水已经模糊了我的双眼
母亲洗得快要发白的蓝头巾
在漫天的大雪里非常非常的耀眼

因为一幅画面
因为一幅镌刻在脑海三十年的画面
我想起了母亲
今夜 我无法入眠……

2013年7月3日

青春

青春是矜持
青春是阳光里的丁香
青春是飞过天空的青鸟
而我的青春是沉默

青春是浅笑
青春是青涩的高跟鞋
青春是泛起涟漪的湖
而我的青春是惶恐

青春是羞涩
青春是六月里的杨树
青春是化了淡妆的粉彩
而我的青春是无奈

青春是蹙眉
青春是树荫中的眼眸
青春是穿了盛装的藏族少女
而我的青春是秘密

2013年7月4日星期四

夜雨

轻轻地闭上眼睛
静静地聆听喃喃的细语
那是雨在轻轻敲打夜的身躯
夜则依着白色的墙壁默默站立
并非是雨赶走了睡意
而是我走进了雨的梦里
忽而感到阵阵凉意
那一定是凉风从窗口带来了我熟悉的气息

我轻轻地闭上眼睛
静静地听雨喃喃的细语
那一定是一个熟悉的身影来探望我的足迹
并非是宋代才女笔下梧桐更兼细雨的点点滴滴
而是我悄悄地把隐秘的往事回忆
回忆则含着笑藏在昏暗的灯光里
往事却像今夜的雨一样蔓延的无边无际
只要执着不息 我想它一定会摸到河流的躯体

哦 我轻轻地闭上眼睛

静静地聆听你喃喃的细语
不是你赶走了我的睡意
而是我闯进了你的梦里
因为——
我和你只有一扇窗的距离

2013 年 7 月 26 日

师生聚会感怀
——写给我的同学们

引言：十五年前，我二十八岁；现在，你们二十八岁。看到你们现在生活的都非常开心，有的事业有成，有的生意做得风生水起，有的在继续求学深造，我感到无比欣慰！

下午六点
雨后的夕阳温馨灿烂
滨河路的景明轩
你们个个绽放着熟悉而又陌生的笑颜

十五年来
我们似美丽的串珠彼此失散
一杯淡酒 能代表什么
只为给今日的狂欢助燃

酒过三巡，回想从前
你们的书包里装满
很多很多记忆的片段

而今化作频频举杯传递的情感

席间尽情地推杯换盏
恨不能将满腹的话语说完
你说你这些年来遭遇的苦难
我说我别后打拼的艰险

时光带走了你们稚嫩的笑脸
岁月却将纯真的情意越温越暖
聚会中你们彼此悉心的相互照看
欢声笑语里奏出了最美的和弦

无法忘记
曾经幸福的哭泣和青涩的爱恋
让我们尽情地把酒言欢
青春的离去 我们不必叹息

欢歌情深 舞步妙曼
再次把这美好的夜晚
做了一番美轮美奂的渲染
让我们分享成功的喜悦和奋斗的业绩

你们的举止言谈
证明 岁月让你们有了深厚的积淀

你们没有辜负这金色的年华
不信请看这一张张成熟 稳重和坚毅的脸

时间已经到了深夜的零点
相聚的时光尽管非常的短暂
握别时一声轻轻地祝福
已经把美好在彼此的血管里传遍

你不再是你 我不再是我
我的悲欢里有你 你的悲欢里也有我
你的祝福里有我 我的祝福里也有你
只要我们彼此珍惜这洁白的情意

啊 亲爱的同学啊
我知道
校园的美好时光
我们终生难忘

啊 亲爱的同学啊
分别的时候
不要忧伤
天天斗志昂扬

祝愿我亲爱的同学

积极向上 奋斗不息
一生平安
快乐健康

2013 年 7 月 28 日

进城十五年

我停留在没有月亮和星光的黑色的夏夜里
回顾潜入城市生活十五年来带给我的各种迷茫
我不介意我的生活里缺少了各种植物的芬芳
也不悲哀下水道里传出的味道带给我的忧伤
每当宁静纯洁和正义的字眼进入我的梦乡
回忆便把玫瑰花的醇香混合着质朴的脸庞铺满在
家乡的泥土路上
欲望在我的灵魂里纠缠旋转挣扎酝酿
我在一遍又一遍的翻腾寻找我和我的合影
我只找到了照片的一半 另一半是无尽的迷茫
我永远也弄不明白是我出了错还是时代在出错
城市汲取了我血管中最红最红的那些汁液
我甚至开始怀疑我到底是在进取还是在堕落
是不是应该把生活的幸福再重新做一次考量
进城十五年我收获的只是岁月叠加的很长很长
很想很想去寻找曾经丢失了的那份纯洁的信仰
也很想去叩访那照过陶潜锄头的星光还有月亮

2013 年 8 月 6 日

一个人的夜

夜似乎要蔓延成一片海洋
一圈一圈慢慢向我逼近
带着咸味儿
我好像在等待一条从海里游回来的鱼
我似乎听到了鱼的呼吸
我不忍睡去

夜静得我只能听到电流的声音
好像火车从很远的地方归来
有时候我多想驶近你
宁静的夜给了我激励
猛烈的汽笛声一头扎进茫茫无边的夜里
慢慢地变成一缕清风
吹向我
越来越近 我能闻到风里有你的气息

温柔的夜里
一个熟悉的 我认识的人将要从我的窗前路过
外面有些许的灯光在闪烁 宛若城市的呼吸

房间里的灯光照彻四壁
梦想加上现实才是完整的世界

因为梦想
我像是一条黑色的搁浅的船
就在你要转身的瞬间
等待变成了一列晚点的列车
毫不犹豫地扑进黑夜的怀里

2013 年 8 月 10 日

那些已经流逝了的美好的日子

那些已经流逝了的美好的日子
在你和我的唇间停止了呼吸
灼热和静美在血管里久久的站立
玫瑰的花香和加了糖的冷饮相拥而泣
两行滑落的泪滴越来越清晰
慢慢地慢慢地落在我的唇里
如浓浓的咸味浸泡在海上刮过的微风里
拥抱把时光刻画的如此安详与静谧
时光在一切静好的河床里悄然流过
最好能在有空调的房间里凝固
然后变成化石
或者变成固定的格式
能在我的脑海里复制粘贴

那些已经流逝了的美好的日子
如你灼灼的眼神
占据我最温柔的回忆
我记得我曾经无数次地说过
我不想离去

但我依然无数次怅然的把美好的时光别离
每一次的别离是又一次梦的开始
回忆却把我死死的钉在你的心墙上
像一个孩子静静地躺在莫扎特的安魂曲里
我也曾经无数次说过
你不能离去
但是你依然无数次无奈地悄然而逝
像晨曦里的笑声消失在带着花香的风里

那些已经流逝了的美好的日子
你是一个让我学会沉重的天使
总在我身上留下不灭的痕迹
希望我们能够彼此珍惜
因为每一次的别离
是梦想的结束也是第二次追梦的开始

2013 年 8 月 17 日

夜里 我不敢出声

夜里 我不敢出声
我怕吵醒了我的前世 未来 还有今生
在这样静的夜里也不必出声
雪白墙壁上的文字就是信仰最好的证明

夜里 我不敢出声
我只看见花鬘缠绕着花藤
滴滴答答的钟声伴随着你的伤口还有我的疼
这一生我们埋葬了多少美好的梦境

夜里 我不敢出声
无边的沉默锁住了我胸口所有的词汇
我只看见一只从来没有开口啁啾过的鸟
展翅飞翔在这寥廓的夜空

夜里 我不敢出声
月光静静地照着轻轻地喘息和呻吟
窗户外边夜的黑
团团包围了一座孤城

夜里 我不敢出声
我像思念一个人那样紧闭双唇
我只看见梦在打鼾 花在花园里熟睡
无眠是对我的虐待也是对我的惩罚

宁静的深夜我不敢出声
让光辉散入无语的河中
流入苍冥……

2013 年 8 月 29 日

初秋的静夜

初秋的夜很静
静得像花在吐露芬芳
我能听到窗外的月摆弄柳叶的声音
我尽力寻找着静夜带给我的各种物象
像一只胆怯的羊于暗夜里潜行在峭壁上
尽管居室之外的城市依然灯火辉煌
尽管所有的草丛开始枯萎荒凉
我依然能听到秋虫的鸣叫
犹如萤火虫发出了微弱的光
如我的梦想不会就这样荒芜凄凉

初秋的夜很静
我能听到你均匀的呼吸和心跳的声音
这个声音像情人的蜜语一样的芳醇
又如落花飘零在水上
又是一年秋风起
在这样的静夜里
尽管没有往日月光的清澈皎白
可眼前的一切都已进入恬然入睡的梦乡

尽管我看不见花弄影的意境和物象
也没有往日的离别时的夕阳
可回忆的小道依然在生活的内部无限的延伸扩张
我唾手可得的初秋的静夜
将会把我寻梦的小路照亮
我将顺着脚印，一步一步攀缘而上

星光

天上的星星把深邃的夜空点缀的静谧安详
像一池睡莲在不胜娇羞的悄悄绽放

老人们说 一颗星就是一个人的灵魂
那么 每个人的灵魂都在夜空里眨着眼睛
如此静谧的夜空啊 肯定有很多星将心事隐藏
等到说出来的时候 月亮将会黯淡无光

满天的星光 没有一颗穿着华丽的衣裳
却将夜色渲染的缤纷似锦,姹紫嫣红

当月儿像夜色一样羞涩 熹微吐露芬芳
不知那颗明亮的星儿会落到谁的心上
天上的星星啊 闪着些许微光
地上的霓虹在城市的拐角里迷乱

2013 年 9 月 8 日

校园里的老舍

经常性的低头看惯了电脑上的文字表格还有各种制度
很少抬头从落地的大窗户里看外面街道上各种故事
初秋下午的阳光懒懒地照着窗户对面一楼的各种各样
　的店铺
各种各样的店铺的门像盛夏里张着大嘴的狗在使劲地
　呼吸
外面的世界在懒懒的阳光里静默,像一帧照片被定格
街上的大大小小的汽车像游来游去的各种各样的鱼
来来往往的行人像海马在清澈透明的阳光里漂浮直立
哦 明天就是教师节 学生们在庆祝 表演着节目 欢天喜
　地
我像一只晒干的海马非常木然竟不知道明天就是自己
　的节日

2013年9月9日

九月的天空正在酝酿一场雨

九月十一日下午五点 我刚忙完非常重要的事儿
黑压压的乌云便赶着一群乌鸦在空中旋转
它伸出长长的舌头亲吻了窗外最高的那幢楼
我似乎又能听到楼群在黑压压的乌云身下发出的喘息
又好像和所有的楼顶做了一次隐秘的约会
他们在探讨着心事或者在争论谁对谁错的问题
大地明晃晃地吐着盛大的火焰像处处在盛开花朵
头顶的天却是黑压压的一片慢慢地向南边移去
猛然间 我的同事说了一句：大雨下到我们家乡了
九月十一日下午五点，天空黑压压的正在酝酿一场大雨

2013 年 9 月 11 日

深夜里,我渡过你的海洋

深夜里 大海边
我悄悄地下了水 没有弄出一点儿声响
海水竟然如丝绸般的光滑和柔爽
如经常播出的德芙巧克力广告上的模样
在月光下无比的温热和清亮
当我腹部朝下和海水融为一体的时候
我尽情地卖弄娴熟的游泳技巧
摆弄着各种优美的姿势 像花样游泳运动员那样
身边的游鱼睁大眼睛向我投来惊艳的目光
当我面部朝上的时候
因为我能自由呼吸心情变得更加舒畅
在黏稠的海上并不会费多少力量
温柔的海风轻轻地抚摸我的脸庞
我像一叶孤舟在海上自由地飘荡
天上一轮好大好圆的月亮还有美丽的月晕在身旁
有时候是两个 明晃晃的
一个在天上 另一个在海上
它们都发着白白的令人炫目的光芒
它洒下来的光一度盖住了我的迷茫

星星在比月亮更远的地方

眨着多情而迷离的眼睛 想把我偷偷地望一望

美丽的夜空里偶尔还有海鸟飞过

那些是不愿意回巢的失了眠的海鸟

像我一样不安分的海鸟在夜空里自由飞翔

它们可能也想渡过天堂只是还没有找到方向

在这样的没有其他人类的深夜里

我不必有衣物甚至连遮羞的泳衣都不需要

这些都将成为我穿越海洋的包袱或者是羁绊

因为我在没有其他人类的深夜里渡过海洋

与名誉身份还有地位毫不相干

用不着担心那些世俗的肤浅甚至是鄙夷的讥笑或者眼光

这样的海洋里没有暗礁没有鲨鱼也没有风暴更不怕搁浅

沿途我看到几个岛屿虽然那里灯火辉煌

我依然一路向前……

对岸才是我的方向

就这样 就这样

在深夜里 在一个星光迷离的晚上

我孤身一人渡过了丝绸般光滑的海洋

2013 年 9 月 12 日

一棵树

在高高的山崖之上
硕大的树冠孤独的抵御骄阳
深深的隐藏于地底的根须实实在在的
已经把忧伤栽种在寂静的黑夜里
在睡眠短斤少两过后的黎明
饱饮清露尽享温柔的阳光
那棵神圣的树就在那里静静地生长
直到一个洒满秋阳的午后
繁密的叶子在秋风里频频点头
色彩斑斓的花朵缀满枝头
密密麻麻的根须里吸收的不光是
维持生命的水分和养料
当初种下的甜蜜的忧伤开了花
你兀立于高高的山崖
忧伤在你的身躯里酝酿发酵成了酒
在你的每一片叶子每一个脉管里
静静地流淌,流淌的汁液是忧伤的河

2013 年 9 月 17 日星期

山鹰之死

一个面目狰狞的大人物
用权杖指着
站在高高山崖上的鹰
说:你下来 你下来
我要用你的羽毛装饰我的王冠
用你的血肉建造我的宫殿
鹰昂起高贵的头颅默默无言
权力的尾随者
张弓搭箭摇旗呐喊
鹰怒目而视一飞冲天
伴随着一声惨烈的嘶喊
漫天的羽毛
在阳光里纷纷而下
对面的峭壁上
天昏地暗鲜血四溅
我不知道
是尊严战胜了权力
还是权力战胜了尊严

2013年9月18

中秋的月

天上一轮才捧出,
人间万姓皆仰目。
——《红楼梦》

放纵千万里的长线
中指与食指间的一缕寂寞的烟
拉回淡淡的思念
你说只看到灯光的星星点点
我却看到了云中的满月如你大大的眸眼
花园里牵牛花流淌着幽香
枣树在你清辉里闪着银光
玉兔捣制的仙药
根治人间的抑郁和忧伤
怅坐一隅
静听月之心跳
今夜所有的月光只为你照亮
我从未感觉过如此柔软的月光
像银色的羽毛飘落
又如天国的牧歌令人神往

月光不断在我体内堆积
忧郁便一点点的渗出
带着细腻的水滴
月如一团芬芳光洁的肉体
散发着诱人的气息
又如熟睡的莲花
沉入我深深的湖底
那轮柔软的月亮啊
万种风情的柔情蜜意
你若把我捧在手上
我宁静的心
将会拥有整个世界

2013 年中秋

老屋秋晨

昨夜秋月许给我一场梦
挂着清凉的露珠
从老屋花园熟透的枣子上滚落
欢快的鸟鸣在晨曦中如期而至
晨光在西屋的墙壁上斑驳陆离
时而有飞鸟的弧线划过屋际
屋前玫瑰园的晨雾被鸟鸣唤醒
如屋顶上的炊烟脉脉不语
秋阳温软如我真诚坦荡的笑容
沐浴在晨光中的老屋
里面装满我的回忆还有梦想
沐浴在秋阳和思念中的老屋
我的梦开始的地方

秋日还乡曲

接近黄昏的村落分外寂静
小院里的枣树梨树还有
树下的花在闲散静默中生长
偶尔有鸟飞过窗外
只看见他们的影子
被慵懒的夕阳涂抹在墙上
此时再也听不到
太阳有力的爪子行走在大地上
乡村秋天的大地散发着果实的芬芳
丰腴的肉体压满枝条垂向地面
偶尔从门外传来的乡语盖住了秋虫的呢喃
沉静的心让全身的每个毛孔都张开
接纳过去的点点滴滴
仿佛感到屋后的山奔涌而来
山中传来儿时玩伴的笑声
如熟睡的莲花
撩开心的帘窥探神秘的霜绪
于心间衍生一把拧开时空的钥匙
家乡老屋的黄昏
静默中咀嚼很少提及的脉脉温情

2013 年 9 月 21 日

献给那弯清亮的月
——仿勃朗宁《在贡多拉船上》

我用我的歌声把我的心
——我的整个心献给你！
星星和大海助我一臂之力
夜幕更深沉的沉入那窄窄的街巷
在我的头顶绽放一团亮光
把我经过的每一条街道都照亮！
你明亮的脸指引我快乐的心
到达你的心房！

2013 年 9 月 23 日

献给你，我的缪斯

也是在这样的一个秋阳里
我的缪斯 悄然而至
像一朵水莲花 一片羽毛
从此 就像一枚箭镞
钉入我的骨髓
日复一日 夜复一夜
鲜血滴成了诗行
铺成了路
只要你从远方回顾
回头看一眼黑暗中的我
就让我的追求占去
我的一生

我安静地坐着

我安静地坐着
窗外的群楼在我对面静静地立着
马路上的人懒懒散散地走着
在秋阳里

我安静地坐着
时光在悄悄地流着
像碎了的金子撒在阳光里
融进大大的眼眸 风情万种

我安静地坐着
思想如睡莲
沉入深深的湖里
寒彻骨髓

哦！我静静地坐着
时光挤出清亮的汁液
我却悄悄地潜进
渐渐变老的发丝里

2013 年 9 月 25 日

秋夜

往事
如一片树叶翩然降落至
秋夜的幽微之处
几多忧伤几多甜蜜
在秋风初起时
一朵睡莲在夜的池子里
静静地绽放
灿烂的笑靥在莲瓣上微颤
如一只蜜蜂落入花心
如一颗小星跌落到静夜的湖里
闭眼
在比夜更黑的幕里
蜿蜒延伸出两条小路
一条是来时的
路上有娇柔的微笑
有一只纤纤的手
还有闪着珠光的眼泪
一条是去时的
起点处灯火辉煌 音乐喧响

沿着小路走入幽深走入梦幻
那里没有人工造就的灯光和音乐的喧响
只有点点星光和淡淡的月光
神秘的秋夜
放你的小手于我的掌心吧
把掌心当作我的胸膛
你能够抚摸到甜蜜的心跳
也能够感觉到落叶的忧伤
就让我彻底融入
曼妙的秋夜里吧
直到像花一样
一朵一朵 一瓣一瓣
凋残
只留下一根静默的枯枝
在午夜里
孤独的站立

2013 年 9 月 27 日

秋天,这是家乡的秋天

一

秋天 这是家乡的秋天
湿漉漉的田野从温软的风中醒来
在微笑着的晨曦里将四肢展开
雾霭笼罩下的丰硕田园
如梦幻般的女人在白纱裙里展现肉体的丰满
成熟的味道啊在空气中弥散
挂着露珠沉甸甸的各种果实
是我沉重的思念,是我丰富的情感
在阳光的枝头完成最后的生长
你听,五彩斑斓的树冠发出的声响
"我要唱歌,我要欢笑"
"我绝不辜负这金灿灿的清秋"

二

雾霭消散了,天空辽阔了
一只飞蛾
在你回忆往事的当儿轻舞飞扬
一片金黄的树叶

在你妩媚的额边悠悠的飘落
幽深 清静各样的野花遍野
小溪在树丛里潺潺的喧闹
我是你的 我爱这广阔的绿野
到处都是静谧安详还有那果实的芬芳
连草上都带上了淡淡的杏仁和奶油的清香
到处洋溢着丰收的喜悦和怡人的清凉
到处都是劳作和富足的景象
无论放眼哪里啊
你都能够看到生动和欢乐的形象

三

平易的天空中没有一丝浮云
山川明净视野格外宽远
遥远处
一只飞鸟在午后的暖阳里划过
于斑斓的山际留下美妙之剪影
一只蜜蜂悄然潜入金菊之花心
储存着甜言蜜语,期待着
明春你勃发的情感
还有蝴蝶和金甲虫……
品着你身体流淌的琼浆
自由的飞翔
在你深沉而丰盈的目光

满怀希望的村庄 藏不住过往

那些曾经的一往情深

仍旧挂在秋的高处

静静等待采摘的花篮

四

为什么诗人们总把秋抒写的那么哀愁

我却爱她的安静

爱她的温和 爱她的光明

她有多么撩人的双眸啊

她有多么丰满的身躯

温和的阳光

是她白皙的脸庞

白里透红的红山果

那是她脸颊泛着鲜艳的红光

啊！秋天 家乡的秋天

每当秋日来临 我便重振精神

血液在我的身体里欢腾

各种美好的往事在我的心里盘旋

所有的思潮在脑海中大胆地涌动

是谁伫立在旷野低吟着

就让我被秋的气息亲吻拥抱

2013年9月30日

写给亲爱的女儿
——写在女儿十七岁生日

孩子 今天是你的生日
可我差点错过为你庆祝的晚宴
席间我们的交谈尽管那么短暂
我还是在你的眼神中读到了内心的不安
因为你已经踏上了十八岁的门槛
告别了你的少年
尽管是那样的留恋
今天你步入青年
今后将会有更多的承担

孩子,我内心在不住地慨叹
岁月的匆忙时光的荏苒
十七年前十月四日的夜晚
我们全家统统无眠
因为我奶奶说过
"女人生孩子那就是在过鬼门关"
那晚我们全家都惴惴不安
你的母亲更是痛的阵阵嘶喊

公元一九九六年十月五日清晨五点
你带着我们家族的祈祷和祝愿降临世间
你降生的前一刻
我像一只无头苍蝇在产房门口来回打转
当我听到你第一声清亮的啼哭
我在楼道里跳了起来近似疯癫
哪管是女还是男
我第一次看到你弱小的身躯和娇嫩的脸
爸爸脸上含着笑却泪眼婆娑

孩子 你像一株幼苗
在曾祖母、爷爷、奶奶、爸爸、妈妈的呵护下
逐渐的将嫩绿伸出地面
从此 欢笑就和我们相伴
孩子 你像一朵花蕾
在亲人的百般爱护中含苞待放
将你的清香淡淡的飘散
从此 温馨就和我们相伴
孩子 你像一张洁白的素笺
在许多老师的教导下
逐渐描绘人生美好的诗篇
从此 希望就和我们相伴

孩子 如今你已步入青年

今晚爸爸和你做了一次长谈

我看到了你噙满泪水的眼

你一定懂了长大的内涵

人生 一样的是起点和终点

不一样的是一路的风景

孩子 我不强求你人生何等的辉煌

只求你在奋斗中越来越坚强

孩子 人生中有很多的挫折和失败

从失败中奋起从挫折中站立

那就是一次又一次的成长

孩子 大胆的面对生活中的风雨吧

用一颗勇敢的心去实现理想

孩子 在你实现理想的路上勇敢地去闯

夜莺将为你歌唱 百花将为你绽放

2013 年 10 月 5 日

病中吟

我,大海中间的
一块礁石
长满青苔
海潮从四面八方涌来
是一阵阵的疼痛
疾病
如黄昏送来的黑暗
遮住了花的容颜
如峡谷中的塌陷
挡住激流
心情如堰塞湖
郁结,不畅
昨天,前天……的安然
如下午的太阳的灿烂
悄然消失
你没在意我也没在意
其实,昨天前天……
阳光多好
病痛是今天下午

拿着刀子

从阳光里追来的

无法逃避

可能还要

同样拿着刀子

把它赶跑

……

2013 年 10 月 8 日

深夜寄语

临窗而栖的一束沉默
如割断喉咙的巨鸟
在半弯的残月里失眠
最爱在夕阳的树影里啁啾
那是归巢时欢快的鸣叫
这些声音已经老去 已经憔悴
沉默的依旧沉默不留痕迹

匆匆而来的是十月微寒的夜风
玫瑰和蔷薇都在瑟瑟的风里凋零
花瓣里依稀还有月儿撒下的沧桑
在无声的沉默里渐渐下沉
下沉至深深的湖底
没有一丝声响也没有倒影
只留下些隐隐的疼痛
如刀 把淡淡的哀愁和美丽的梦
切成欢快的蝶儿
让它慢慢地飞翔 飞翔
飞向明日灿烂的朝阳

2013年10月11日

落叶

曾在丰腴的枝头驻足含笑
款款飘落时深情地回望
没有哀怨没有悲伤
在秋霜里唱着歌打着旋
离去地那样悠然
你落地时的声音
在西风里飒飒作响
你小小的身躯上
铭刻着昔日的辉煌和岁月的沧桑
你的身子轻盈金黄
饱吸过清露和阳光
就让厚厚的积雪将你掩藏
就让春雨把你变成泥浆
你依然怀着沉甸甸的梦想

2013 年 10 月 13 日

晚秋风物

秋深了
天灰蒙蒙的冷
缺了钙的斜阳
惨淡淡的撒着些
懒洋洋的光
无精打采的树
打着寒噤
几片叶儿黄了
几片儿在悄悄地落
翩翩地舞着
三片 五片
猎猎的旗
把西风揽在怀里
瑟瑟地抖着
旗杆儿斜斜的
几个行人
蚂蚁般的蠕动
在灰灰的云里
打着手机彳亍

眼前晚秋风物

说不出的一番萧瑟

2013 年 10 月 15 日

清秋

挂在树梢的冷月
随意扔下银辉
是正在凋零的残菊
还是冰冷的泪滴
寒夜无声 离人不寐
切切思绪
藏在柳荫儿里
寒星闪闪烁烁
是澄澈的眼眸
注满忧愁
写满寂寞辽远的清秋
秋波盈盈处
那丰腴的妩媚
可否 可否
把寒夜照透

秋冷如铁的夜
沉入湛蓝的湖底
起了涟漪

昨日的呢喃

柔柔地浮在湖面

是月下柳的疏影吗

今天的私语

飘零在水上

那是 那是

层层叠叠的睡莲

含着羞带着露

在这微寒的秋露里

离人已依稀

在这恼人的清秋里远去了

只是,我不忍离去

2013 年 10 月 17 日

我直视阳光

今晨秋阳格外灿烂
阳光与我对视
我把自己完完全全的放在
阳光里
浑身沐浴于金色的河里
我直视阳光
顿觉心底坦荡 胸口灼热
所有的不快将被暂时忘却
自由　安适
想象如骏马在飞驰
但愿这不是短暂的一瞬
转瞬即逝
有一个渺茫的声音在呼唤我
应该在这美好的阳光里
自由的呼吸
我的思想犹如
一面任由人们涂鸦的墙
我竟敢直视
如此强烈的阳光

88　把所有的阴影
　　都放在身后

2013 年 10 月 17 日

写给亲爱的同学们
——在家乡一次短暂的相聚

亲爱的朋友 我们再也
不会有那样的日子了
再也看不到
母校的欢愉与丰硕的田野
那时的我们 怀揣着梦想
尽情地在书海里徜徉
围坐在一起识谱欢唱
喝彩与欢笑还有那声嘶力竭的呐喊
在篮球场上空飘荡
足球场上矫健的身影充满力量
滚烫的汗滴在飞溅 在流淌
脏兮兮的裤脚上灵动的青春在飞扬
乱蓬蓬的头发里
年轻的脸庞挥霍着不羁与轻狂

今天啊今天
我们师生相聚 在这金秋十月
玫瑰乡的田野飘荡着果实的清香

欢畅的日子散发着友谊的芬芳
亲爱的朋友们啊
斟满了酒的杯
散发着琥珀色的光芒
沸热的气泡在闪烁 在飞溅
让我们痛饮吧
哪怕里面有苦 有甜也有迷茫
过去的那些欢愉的时光
让我们在浓酒里一次又一次的回望
他将成为亲切的怀恋 甜蜜的梦乡

亲爱的朋友们啊
再次端起酒杯畅饮吧
让我们共享这欢聚的时刻
为逝去的青春而醉
不必忧愁 不必悲伤
我们未来的日子充满欢乐与希望
祝你我所有的朋友
未来的生活每一天都充满阳光
祝你们——我所有的朋友
各自的事业蒸蒸日上身体安康
亲爱的朋友们——畅饮吧……

2013 年 10 月 18 日

暮秋无声

枯坐于朝北的窗前
秋蝉无声 留下生命的轮回
鸟儿无声 留下美丽的倩影
记忆无声 如落叶般飘零
街上那么多的行人也不出声
只扔下散乱的影
夕阳将片片树叶染成金黄
涂抹在我的心墙上
被拉得很长的树影
是无限延伸的寂寞与哀伤
金色的风将我织入暮秋的发丝吧
趁寒露尚未禁锢我的心魂

金色的夕阳在飘落 岁月的羽毛在飘落
枯黄的叶片在飘落 菊的残瓣也在飘落
所有的生命都在飘落 飘落
这样美丽的夕阳如千万支箭镞
将我击伤 无法治愈的内伤
是微笑后的枯槁与死亡

我没有祈求岁月的永恒
也不敢奢望绿树成荫
只希望啊
被收获了幸福的清秋永久的收藏
我与你一并沿着蜿蜒的小径
在凄风苦雨里走向寒冬
在干枯的枝丫上等待春天的黎明

2013 年 10 月 23 日

记住一片叶子

记住一片叶子
在沉沉的秋夜里
犹如记起一段失落的往事
那些在暮秋紧贴地面飞过的乌鸦
被高高的挂在惨白的月亮上

记住一片叶子
在灯火还未点亮的黄昏里
薄如蝉翼的心绪被小心翼翼拎起
翩然下落的呻吟痛苦的倒下
沉入深深的湖底

记住一片叶子
在小路的尽头 在夕阳里
犹如紧握一束静女赠予的红管草
那些怦然心动的往事包在艾草里
紧紧地裹在血脉贲张的怀里

记住一片叶子

在秋水般澄澈的眼眸里
犹如脊背光滑的鱼游在寒霜里
曾经的焦灼与孤独缠绕在蜘蛛的丝里
远行的流浪者远离世俗被世界抛弃

记住一片叶子
记住它的叶脉 记住它的颜色
让灵魂摒弃一切包括矛盾和世俗
把它揣在温热的怀里
把它带到坟墓里

2013 年 10 月 24 日星期四

我愿是一片雪花

我愿是一片雪花
雨的化身 造物的精灵
从魏晋的风骨里飞出
在唐诗宋词里轻舞飞扬
凭借我纤巧的身量
在饱含梅香的风中缱绻飘杨

我愿是一片雪花
洛邑的从容 长安的优雅
从独钓寒江老翁的蓑衣里飞出
在雪骤竹折声里轻轻地吟哦
我轻盈地遐想悄悄地藏
阳光里一树梅花在翘首仰望

我愿是一片雪花
是幽怨的羌笛 哀伤的芦管
从征人望乡的泪眼里飞出
"飘飘飒飒舞梨花,薄衣寒心乱如麻"
我如蝶儿般轻轻地舞

在归人微凉的怀抱里化一滴清泪

我愿是一片雪花
灵的融合 心的飘洒
是指尖温热的眼泪开了花
张开你柔暖的怀抱吧
让我把所有的春色悄悄地融化

2013 年 10 月 25 日

霜降之夜

霜降时节
冰凉的夜如蛇般潜行
沿着额头的皱纹
沿着凋残的花瓣
沿着枯萎的藤蔓

低垂的草木传来咒语
从白色的墙壁上纷纷下落
一缕空虚
用手从头发上狠狠地抓起

此时的月亮从枯枝上坠落
击碎一汪清凉的湖水荡起波纹
夜的翅膀将楼宇层层包围
在如丝绸般光滑的黑夜里
思念长满青苔

心中隐隐地疼
是刻在墓碑上的花纹

纹路清晰可见
图案美轮美奂

隐约有暗香浮动
如在梦中露出甜美的微笑

霜降之夜越过低温 潮湿
带着清露含着白霜
如噙满冰凉泪水的大大的眼睛
等待冬天的来临
等待雪花的飘飞

2013 年 10 月 29 日

我的大海

我的大海
我与你尽管相距甚远
可我依然对你狂热地依恋
我不止一次的到过你的身边
领略过你秉性的多变
当你思绪宁静之时
你会展示着透亮的心田
我静静地凝望着你的欢颜
你微微地荡漾在我的眼帘
当你激情澎湃之际
会毫不犹豫地掀起滔天巨澜
海风阵阵 海浪声声
那是一场惊心动魄的潮汐
海面掀起的涛涌狂澜
那是你激动倔强的笑靥

哦！我的大海
让我投入你的怀抱吧
游弋在你丝绸般温软光滑的水面

倾听你起伏内心的微澜和哀叹
此时啊
我与你尽管很遥远
可是你早已打湿了我的衣衫
从来就没有被风干

哦！我的大海
等到有一天
我将沿着细软的沙滩
再一次走到你跟前
也许是清风拂面
也许是凄风惨然
我依然
把你轻轻地 轻轻地掬起
将我点点热泪融入其间
和你一样的又苦又咸
生活本来就多苦少甜

十月一 送寒衣

深秋的风
站在冬的前沿怒号
冰凉的泪珠
从刻满怀念的脸上滚落
伤痕累累的树叶儿
在寒风里打着旋儿
纷纷飘落 堆积
堆积成一抔黄土

一抔黄土里埋着我枯瘦如柴的爷爷
一抔黄土里埋着我固执坚强的奶奶
一抔黄土里埋着我英年早逝的姐姐
远在天国的亲人们啊
漫长的严冬即将来临
纷飞的大雪即将来临
你们在那里冷吧

十月一 送寒衣
今天 我为你们送来寒衣

用颤抖的手为你们烧化
用五彩的纸做成的衣裳
在泪水中回忆那些酸甜苦辣的往事
我将用思念把你们对我的恩宠
谨慎的收藏永远记在心上

一杯杯寡味的薄酒
一件件纸做的单薄的衣裳
怎能抵御苦寒难挨的漫长冬天
亲人们 你们冷吧
一堆幽蓝的火焰跳跃着
亲人们来烤烤
你们僵硬的手指
还有那潮湿冰冷的衣衫

十月一 送寒衣
我的手无法触及你们
冰凉的身体
我只能在思念你们的时候悄悄地哭泣
就让这一杯薄酒 一袭寒衣
陪你度过悠悠岁月的恓惶

2013年11月3日（农历十月初一）

我走向雪中

没有月亮也没有星光
尚未进入冬天
天上竟然飘起了雪花
新的季节敲打我的窗棂
从秋风吹得破碎的夜晚
走向飘飘洒洒的雪中
雪花 你是上天释放的精灵
我走向雪中
走向深秋早晨的雪中
雪花的脚步迟疑而忧郁
即使要与久别的大地
深情地亲吻
我走向雪中
开始沉迷于远方的一切
幻想开始疾飞
奔向大海
奔向森林
奔向开满红梅花的山林

顺手采摘一朵

在纷纷扬扬里看你簇展笑颜

我在清晨里走向雪中

吮吸这清凉的光晕

呼吸这甜甜的哭泣

2013 年 11 月 4 日

和自己说话的瞬间

说着说着眼里便充盈着泪光
像一个戏子进入了悲剧的剧情
进入剧情的一瞬间
脉管里流淌着的不再是血液
是飞奔的马车是滚落的巨石
所有的往事将我重重包围
如一个个熟悉的面影
有的和蔼可亲 有的面目狰狞
时而如开满鲜花的山谷
传来阵阵兰花的清香
时而如带了血的利剑
将我刺伤 疼痛
如刀子刻在心上

说着说着眼里便充盈着泪光
我便凝神倾听夜晚发出的声响
冬天的夜晚有一个傻子在狂奔
想点燃火焰将一切毁灭 毁灭
毁灭了的一切啊

如凤凰涅槃而又重生
灯光闪亮旋即又熄灭
漫漫的长夜里孤独的灵魂
做着一次又一次的挣扎和熬煎
这样的夜晚长过了二十年
让一个人从青年走到了中年

说着说着眼里便充盈着泪光
所有的往事像一缕从秋天飘来的轻烟
从秋天的黄昏飘来的轻烟
将我缱绻萦绕绾结纠缠
充盈着泪光的眼睛里的一双眼睛
它点燃又复熄灭
所有的记忆如一幢安静的小屋
里面时常会飘着轻音乐
从那一瞬间
像这样的无数次的一瞬间
我竟然懂了
我最需要的是什么
如一个苦行的僧人得到了点化

2013 年 11 月 5 日

献给我已逝去的青春

逝去的日子一瓣一瓣的飘零
伴着我的青春
看着你渐渐远去的背影
心中一阵阵的酸楚和疼痛

站在镜子前
轻轻地抚摸你冰凉的容颜
额头两边岁月的皱痕
如红尘一缕落寞的清风

那些曾经流过的每一滴眼泪
都曾带着尊严
带着青春苍凉的回响
当梦从我的指缝里悄悄地流淌
能抓住的仅仅是悔恨的冰凉

是时候了 是时候了
把未来的日子轻轻地放在天平上
你还有多少悬而未决的梦想

匆匆的流年
拾不起来 也放不下去

我站在悬崖的边上
在风里在雨里在冰雪里在黑夜里呐喊
那些曾经的遗憾和感伤
依然 依然
在耳边久久的回荡

那些曾经长满苔藓的怀想
依然在沸腾的血管里流淌
远去的青春逝去的流年
是大而圆的眼眸穿过我的胸腔
在胸腔里最柔软的地方汩汩作响

我的那些远去的青春啊
已经在凄凉的田野里死亡
铺盖着一层白雪的银光
过去了的是矮墙根一地的黄花
已无声无息地凋零
即将到来的是寒夜里升起的星光
将有声有色地绽放

2013 年 11 月 7 日

冬天在今夜来临

猛然抬头瞥见墙上的日历
哦！你来了
冬天，从开满梅花的枝头
趁着清亮的月光
悄悄地来了
冬天，从氤氲着潮气的窗棂儿上
踩着软软的时光
悄悄地来了
摘下了深秋的一抹儿红
藏在了我的书本儿里

哦！随一缕清风而至
雪花儿涂满了我的四壁
来与我长谈吧 促膝
谈谈我们儿时美好的回忆
今后的路上啊
也许有一丝儿清冷
也许还有些许的荒凉
走向春天的路还很长

来吧 来吧

趁着你还未曾离开

我给你我火热的胸膛

可依可靠

可拥可抱

2013 年 11 月 7 日

冬夜风语

长生天竟如此的厚爱
在众人酣睡之时
让我悄悄与你相会
轻轻地闭上眼
聆听你拨动心事的琴弦
树叶儿在你的琴弦上发黄
犹如相册中的老照片
将我的眼眶灼伤

初冬的风
在夜色的喘息中低吟浅唱
只那么几分惆怅
只那么一丝微凉
在寂寞的夜里
静静地诉说
在等候你的四季里
是微带寒意的温柔
是一缕总也抹不去的哀愁

初冬的风
在这样无星无月的夜晚
你没有笑靥
只有轻声的哀叹
那你就刮走这无边的黑暗
黎明的天空那将是何等蔚蓝
让我们一起
静静地告别所有的忧伤

初冬的风啊
长生天竟如此的厚爱
在众人酣睡之时
让我悄悄与你相会
就让我心的微凉
陷落于你的哀伤
让我们共奏一曲
悠悠的凄凉
更有一曲
对春天的怀想……

2013 年 11 月 12 日

冬夜

> 我是一个悲哀的孩子,始终没有长大,我在北方的草地上,轻轻地亲吻我的悲哀。
>
> ——顾城

一

所有的树叶都已落尽
光秃秃的枝丫冲向天空
天空低垂黑夜降临
黑夜里思想和灵魂的花朵盛开
写诗的笔却开始慢慢地枯萎
像落满乌鸦的枯枝一样
我看到了迷茫的眼泪
我看到了黑夜黯然神伤
我错过了季节
季节也错过了我
我只是在另一个冬夜里
找不到回家的方向
某个冬天的雪千年不化

某个冬天的夜寸草不生

隔年的伤口在这样的夜里被撕裂

却流不出一滴血

让我们共同面对着漆黑的夜

你别说话 我也别说话

默默地看着

就这样看着 如雕塑 如石头

二

窗外,黄黄的冰凉的月

风中 沙沙的一堆败叶

只几点散淡的星光

快乐的眼眸布满忧伤

冰凉的夜晚被写入诗行

这样的夜晚

易于冲破泪的堤防

这样的夜晚 我最先看到

大地只剩下干枯的河床

这样的夜晚 我最先想到

茫茫原野收容不下思绪的疯狂

这样的夜晚,我最先听到

知更鸟和寒鸦的低吟浅唱

回忆在寒夜里踉踉跄跄

我想 我想
在我曾经走过的路上
荆棘开始在黑夜里疯长
就让我这个异乡人
在这样的黑夜里啊
匆匆收拾行囊
包括面具、德行、善良
把希望唤醒
在冬天的夜里凛然上路
步履铿锵
你若能听到彼岸的歌唱
我就能看到鸟群的翅膀

2013年11月19日

想起了家乡

冬天的深夜
记忆
在荒芜的田野上疯长
猛然想起了家乡

冬天
家乡冬天是天寒地冻的季节
清灵灵的欢声笑语在冰面上回荡
简易的冰车箭一般冲向前方
像鸟儿在自由的飞翔
盼望许久的春节即将来临
一大锅热气腾腾腊八粥
在母亲的叮咛中刚刚吃过
年味儿便在家乡的上空飘荡
零零散散的爆竹
在我们的手上点燃
欢乐在我们的手上点燃
希望在我们的手上点燃
祝福在我们的手上点燃

小眼睛望了几十天的新衣裳
除夕的夜晚终于穿在了身上
也把母亲的笑脸穿在身上
那冻僵的红肿的小手
那呵着热气的沾满鼻涕的嘴唇
还有那红彤彤的脸庞
至今还是我魂牵梦萦的怀想

春天

软绵绵的土地啊软绵绵的风
泥土的气息和苏醒的味道
蜜一样的香浓和甘醇

弥散在我童年的天空
所有的父亲们在田地里播种
种下希望埋下汗水
你看 你看
那田间 那地垄
那么多的小伙伴们
牵着报纸糊成的简陋风筝
纤细的小手
放飞着笑声放飞着动感的心情
翘首遥望那明丽的天空
"这是我的""那个才是你的"
与早春的燕子组成婀娜的剪影
那时的我不懂什么叫作"杏花雨"
也不懂什么"吹面不寒杨柳风"
只记得,只记得啊

田野里的杏花只是繁花密蕊

满园满园的花朵白里透着浅浅的粉

我摘一朵 印上我浅浅的笑和甜甜的吻

满树的香醇惹着蝶舞逗着蜂喧

那时的我不懂"微风燕子斜"

那时的我不懂"细雨鱼儿出"

我只记得 只记得

那多蛙鸣多蝌蚪的池塘就在晒场边

小手手轻轻一捧

五六个小小的"逗号"

在黑乎乎的在手里着了慌

"你一捧才四个"

"我竟然捉了六个"

只记得,只记得

那遍地的垂柳遍野的柳笛儿

还有在柳笛儿声中归巢的燕儿

屋檐下欢快的歌咏

遂想起"小燕子,穿花衣"的歌儿

想起这些,想起这些

我的脸上又有了浅浅的笑儿

2013 年 11 月 20 日

失去了鸟鸣的天空

我生活在西北的小城
自从进入冬天
就再也没有听到过鸟鸣的声音
甚至没有见过任何一只活物
在这么寥廓的天空

这么明澈的天空
没有鸟儿亲切的叫声
没有自由飞翔的身影
就好像
天真的孩子失去了灿烂的笑容
美丽的草原失去了洁白的羊群

我仍然站在风中
如丢失了故乡的离人
猎猎的西风依旧在吹
在这边远的冬季里
我仍然是我 只能在风中

季节在悄悄地轮回

燕子去了还会再来

冬天来了 春天就不远了

心中会有花开的声音

也会有鸟略过

自由飞翔的身影

自从进入冬天后

我再也没有听到过鸟鸣

在这寥廓的天空

也没有见过

自由飞翔的身影

2013 年 11 月 22 日 阴

雪地冬麦

十一月二十三日上午,今冬第一场大雪,赴省城的路上看到埋在雪中的冬麦,颇有感触!

冷风在猎猎地吹
雪花在纷纷地飘
那抹儿庄重的深绿
在冰凉的雪中藏
静卧着,如磐石
默默地承受
最痛苦最隐忍的压抑
一颗滚烫的心
在温柔的无语里
潜伏
还有一次次的寒风袭来
还有一场场的大雪降临
一颗期待的心
在冰天雪地里燃烧
等 等 等
春风的琴弦拨动心的波澜

无数个冬夜会带来春天

你执着的希望便会再次发芽

你便会倔强的生长

生命会在希望里返青

希望会在生命里辉煌

2013 年 11 月 25 日

像这样细细地听

像这样细细地听
寒夜把幕布拉开的声音
远远街巷里的犬吠
把无数个不安的灵魂吵醒

就这样细细地听
风从这个屋顶吹向那个屋顶
几近干枯的庄浪河水冻结的声音
冷清的街道静静地
承接雪花的飘零

像这样细细地听
安详而均匀的呼吸
是麋鹿从雪地走过的和声
是雪的白唇亲吻土地的心音

像这样细细地听
不放过任何细微的动静
寒夜里飘来雪花的歌吟

凝结成思念的冰花
在屋檐悬挂

像这样细细地听
挂钟细软的脚步像猫一样潜行
远离故乡的人受伤的呻吟
曾经爱过的都不曾忘怀

就这样静静地听
庄严的冬夜沉沉睡去的声音
火炉上的沸水渐渐冷却
没有安慰的梦开始上演
坦白后的激动和心跳开始出现

像这样细细地听
于沉重的冬夜
凝神倾听身旁炉火的温情
炉中之小火里有我心跳的声音

2013 年 11 月 26 日

冬夜读杜甫

明代胡应麟《诗薮》说,全诗"五十六字,如海底珊瑚,瘦劲难名,沉深莫测,而精光万丈,力量万钧。通章章法、句法、字法,前无昔人,后无来学,微有说者,是杜诗,非唐诗耳。然此诗自当为古今七言律第一,不必为唐人七言律第一也"。

安史之乱尘烟刚刚散尽
你于啼血的悲咽中发出
一声长叹和绝响
如杜鹃花上滚落冰凉的清泪两行

风急天高猿啸哀

夔州白帝城外高台之上
空旷的天宇里
满眼都是萧瑟的秋霜
西风猎猎
长须飘飘
你干瘦的形容如枯枝般倔强

你于何处觅得知音
你于何处倾诉诗情
然而 听到的仅仅是
猿猴的凄厉地哀鸣
"巴东三峡巫峡长,猿鸣三声泪沾裳"

渚清沙白鸟飞回

滚滚东流而去,凄清的长江
带不走时代给予你重重的创伤
只把苦难刻在你饱经沧桑的脸上
白茫茫的沙滩之上
有白色的鸟群飞过
它们找不到家的方向
你倾耳聆听 你举目四望
只有群鸟的低飞回旋哀鸣
只有两行冰凉的泪水

无边落木萧萧下

含泪俯首
捻断苍白的长须数根
风萧萧兮落木无边
泪水随落木而下

一叶一秋一枯荣

韶华易逝 壮志未酬

片片落叶犹枝枝箭镞

穿胸而过 血流不止

空气在秋霜中骤然凝结

继之一声长叹

叹岁暮之感伤,哀世事之痛怆

不尽长江滚滚来

滚滚长江带着

"公私仓廪俱丰实""九州道路无豺虎"的理想

流向遥不可及的远方

惊天的波涛于你瘦削的身躯流过

你站立成"残杯与冷炙,到处潜悲辛"的苍凉

"济世敢爱死,寂寞壮士惊"的志向

而今是何等的慌乱凄惶

你将千古的愁,万年的恨托付于长江

一江之浊水随血液奔腾

你忧国忧民的满腔赤诚流淌成诗行

你把无可奈何的苦痛

雕刻于江畔壁立千仞的悬崖上

一半是泪水一半是夕阳

万里悲秋常作客

悲身世之永无尽头的漂泊憔悴
一生颠沛流离的你
遥远的家乡在何方
悲岁月茫茫明日天涯何处
昂首凝神低头沉吟处
深秋萧瑟，苍凉恢廓
作客异地
羁旅他乡
排遣不尽的是
落叶般羁旅愁怨
江水一样的孤独苦恨

百年多病独登台

老病孤愁的悲哀
折磨着这个年近花甲枯瘦如柴的老人
于萧瑟秋风起处的黄昏
万丈高台要你孤零零独自去登
无非是深一脚浅一脚
举起破袖拭去满脸的纵横
汗水混合着泪水
再多的病痛

穿透中唐年间的衣冠
无非是身上心中的青一块紫一块

艰难苦恨繁霜鬓

苍颜白发里早已没有了醉翁的潇洒
有的只是苦不堪言的国难家仇
日渐增多的白发
每一根都是无奈的慨叹
两鬓如刀刻般深深的皱痕
每一道都是一层酸楚的惆怅
恨万方多难的时代
恨"乾坤含疮痍""人烟眇萧瑟"的国土
更恨军阀相互争夺地盘民众生灵涂炭
把栏杆拍遍 把胸膛击伤
积聚多年的泪水浇透了诗行

潦倒新停浊酒杯

一副病魔缠身瘦削如柴的肩膀
再也无法承担起这历史的盛衰
就让我醉死一次吧
哪怕是借酒浇愁愁更愁
可是 可是

因病断酒，悲愁更难以排遣
困顿衰颓，狼狈失意
余魂残骨之飘零
此情何言 此情何堪

2013 年 11 月 26 日

对月吟

寂寂冬夜里无声的冷月
你又把灿烂的银辉洒向大地
你还是李白的月吗
你还是苏轼的月吗
今夜
你是我的月
我迟迟地不肯睡去
只是不愿与你别离

我能看见你
可是我不能走近你
苏轼怕了 因高处不胜寒
选择了人间
李白想捕捉你
却沉在了冰冷的湖底
我却固执地于无数个不眠的夜里
把你植入心底

风定了 人睡了

明晃晃的月圆

我能看见你

你可否正在看着我

……

2013 年 11 月 28 日

我从田野回来的时候……

我从冬的田野回来的时候
金黄色的夕阳
正在寂静的原野上微笑
潺潺的小河
犹如心事
于阳光的阴暗处
冰的下面 静静地诉说
冬天的田野没有浓浓的烟雾
也没有都市的喧嚣
天空总是很蓝
空气总是很新鲜

我从冬天的田野上回来的时候
还有些许未融化的积雪
散发着圣洁的光芒
忽然回想起那些青年时候的时光
像美丽的花瓣
于枯树的枝头微颤
每一朵都散发着馥郁的芳香

高大的树木在辽阔的田野

指向云天之上

于夕阳之下

于孕育春天的希望里

静坐 默想

2013 年 12 月 2 日

冬的深处

北风的脚步很沉重很仓促
时令已带我走进冬的深处
花园里的植物都已经荒芜
马路上的枯叶在随风起舞
动物们在寻找藏身的洞穴
大地敞开着赤裸裸的胸怀
尽情接纳一弯冷月的爱抚
子夜时分的灵魂敲击岁暮
透过结满冰花的窗棂偷窥
原野中封冻的沉默和无语
北风从你的胸中快速穿过
呜呜地在抒发旅途的凄苦
就把我抛向大地的怀中吧
在寒冷的夜在清的月光里
犹如一株青翠而幽暗的树
执着地吮吸大地中的寒露
于冬天的原野孤独的生长
于烈烈的风里鲜活的耸立

2013 年 12 月 4 日星期三

一树梅花

在冬夜里轻轻地闭上眼
一场雪整整下了二十年
雪厚得可以埋掉
一代人
也可以让一代人在阳光里
长大成人

那一树梅花
每年都在雪花里开放
每年都在疯长
和我的诗行一样
在冰一样的雪地里延长
梅花依然开得
冷冷的 艳艳的

雪花 依然纷纷扬扬
梅香 依旧荡气回肠
在曾经下雪的地方
我背上沉重的行囊

行囊里装满旷世的怀想
茫然上路
所到之处
依旧有淡淡梅花的香

远行的游子回到离别的地方
那一树梅花依然在开放
梅依然散发着淡淡的香
只是行囊中、怀想里
又多了一份儿忧伤

你也许以后
你还会看到
那个背着行囊
匆匆上路的身影
在飘飞的雪中
在淡淡的梅香里
……

2013 年 12 月 7 日

冬至

奶奶说过
冬至的夜是最长的夜
过了冬至
黑夜短了白天长了

我一头扎进冬至的白天里
在一年之中最短的白天里
因短暂而倍加珍视
短暂的甚至
只有一顿饭的工夫
便倏忽即逝

这个冬至
没有起风
也没有飘雪
只有空中漫天的雾霾
我却在雾霾里等着消息

这个冬至

在老家短暂的小憩
父母的咳嗽把冬至的黄昏
晕染的格外清晰
清晰的如同雕刻的记忆

冬至的夜
是一年中最长的夜
最短的白天
成为最长的夜晚里珍珠般的记忆

我一头扎进这漫漫长夜里
在这一年之中最长的夜里
做梦就到冬至的夜里吧
因为美好的梦不容易醒来

慢慢地熬吧
冬至过后就有春的消息
熬过一九二九三九
新年的钟声就近了
春天就来了
就春打六九头了
大地
就睁开惺忪的眼睛了

"天时人事日相催,冬至阳生春又来"
冬天到了
春天还会远吗?

2013 年 12 月 24 日

北方冬天一个早晨

重重雾霾严严实实的包裹
北方冬天的早晨
厚厚的口罩封住
来往行人的笑容
在这样的冬天里
人们没有心、没有灵魂
只剩下骨架、只剩下皮囊
我用得了白内障的眼睛
看死寂沉沉的天空
天空中到处是黑色的乌鸦在飞
在没有暖气的房间里
我和冰一样冷
北方冬天的小城
没有清亮的雪在飘
没有艳丽的太阳在照耀
随处可见的谎言在飞翔
我不想呐喊
只想呻吟 痛苦地呻吟
就像把一条短命的鱼

扔进黏稠的、褐色的

泥浆里……

无法逃脱……

2013 年 12 月 26 日

我,冬天里的一棵树

一棵树
在北方的冬天里
静默
熬过风雪交加漫长的夜
向上不屈的枝干
在冻风里似钢筋铁骨
悲凉的苍穹
做你恢宏壮阔的背景
于昊天之下,悬崖之上
体味孤独,隐忍寂寞
不屑与灌木杂草为伍
瑟缩于沟壑静听风的絮语

你笑看狂野苍凉
冷嘲万木萧瑟
光秃秃铁铸般的
是你正直的躯干
向上 向上
以深沉的内敛

证明生命的顽强
做暴风雪里心的舞者
在天寒地冻的夜里歌唱

在沉沉的雾霭之中
厚厚的黄土之上
有一棵顽强的、孤独的树
挺过无数个冰雪交加的夜
在春天来临的前夜站立
冰冷的眼箭一般
将无耻的谄媚、卑劣的谎言刺穿
在刺骨的风中折断
伤口渗出血凝成冰
艳若桃花
在无遮无拦的荒野灿灿开放
冷酷无情的冰雪
扼杀不了春的花红叶绿

北方冬天里的一棵树
屹立在漫长而寒冷的冬夜里
在一个充满着欲望和谎言的社会里
笑着,等待春天的消息

2013 年 12 月 29 日

写在 2014 年元旦

等你老了，独自对着炉火，
就会知道有一个灵魂也静静的，
他曾经爱过你的变化无尽，
旅梦碎了，他爱你的愁绪纷纷。
　　　　　　　　　——穆旦

2014 的第一缕熹微
在清寒的晨雾中
已在我窗口探望
2013 走了
走吧　走吧
该留下的已珍藏在心了

2014 来了
来吧　来吧
虽然冬天的寒冷依然在窗口聚集
清新的风却已在天际
在岁月的门槛上
带着羞涩的微笑

向我们走来

2014 悄无声息地来到我的窗前
如一片清幽的叶子
带着冬日的凝重夜霜
也如一只温暖的手
抚慰我的创痕
就像这样
一次又一次地
四季的轮回
把我们抛进熙攘的人群
带给我们疼痛
带给我们创伤
也带给我们希望
带给我们梦想
把我们带进岁月的河流
我们在其间起伏跌宕
我们的青春曾经因此而迷醉
失去了
再生出期许

2014 已踏进我的门槛
那些忧伤失望
已经成为难得的怀想

已经成为甜蜜的过往
2014！向梦想启航

2014 年 1 月 1 日

冬夜怀乡

午夜
寂静——寂静
如干枯的河床
月 发出清冷的光
黑色的花静静地开放

猛然想起我的故乡
这个季节没有繁荣的景象
仿佛看到父亲矮小的身影
在凄厉的风中摇晃
仿佛听到母亲的咳嗽
吵醒细弱的灯光

午夜
独自哀戚
折了灵魂的花
哪能禁得住深冬的寒
冷月清照多情的容颜
双手轻掩婆娑的泪眼

冬夜

清寒——清寒

如寸草不生的荒原

将一丝隐忧种植在心田

思想的花开放在苦痛之乡

猛然想起我的故乡

这个季节的他满目凄凉

那里埋葬着我贫寒的童年时光

祖辈的坟田衰草连天

额头的深皱里刻满幽怨

故乡 我永远的故乡

午夜

我思念甜蜜的家乡

严寒笼罩的村庄

将要迎来春的曙光

年迈的父母

我和你们一起抵御严冬

迎接一个又一个春日的暖阳

2013 年元月 5 日

在腊月的阳光里

时光的沙漏
慢慢地流
我只剩下了一把骨头
阳光依然那么暖暖的照着

只能听到石头与石头的低语
时光的流逝悄无声息
思绪在阳光里沉沉睡去
准备年事的人们
在街上露出灿烂的笑容

买对联和灯笼的老头的脸
红得和对联、灯笼一样
在阳光里燃烧
时光
穿梭在满大街的人群中
欲望
从这个人的口袋
转移到另一个人的口袋

巡行在街市上的乡下人
手里的钞票
还没有来得及把一年的故事讲完
就准备着
铁锹、锄头还有外出打工的行头

2013年1月6日

老 屋

一

站在
老屋院子里
看着
一大片岁暮天寒的夕阳
尘土的玻璃窗
斑驳陆离的墙
墙角结了好多年的蛛网
夕阳
涂抹在墙上
心境
如外面冬日里的天空
阴郁或者晴和
往事
在岁月的河流里结冰
连同我一起冻结

二

老屋
与你无数次的离别
我每一次到来
都会带着一颗怀旧的心
一生能有多少
落日的光景
父亲魁梧强壮的身形
和眼前的老屋一起老去
院落里的角角落落
有父亲的叹息
一生能有多少
落日的光景
每一面墙壁上
朝阳下 夕阳里
都有母亲忙碌的身影
老屋很小
小得挤不下我一颗沉重的心
甚至容纳不了我落泪的眼神
老屋很大
大得能装得下
我所有的
悲哀 欢笑 宁静 温暖……

三

站着

在老屋院子中间

然后

我拍了照片

我想在我离开他的日子里

能把他揣在怀里放在心上

老屋

墙上的夕阳如一幅裂帛

双亲的发如白雪

老屋

你是我的生命在血液里流淌

老屋

你分担着我所有的幸福和忧伤……

老屋

我站在夕阳里

面对你

我眼里噙满浑浊而又真诚的泪水

我有一颗怀旧和感恩的心

除了这些

我只有久久地沉默……

2014年1月14日

思想 灵魂

无语独坐
很静 很深 很黑的寒夜
将自己的灵魂慢慢地剥开
如掀起雪山经年不化的雪
潜伏了多年的病虫害
像五彩的鲜花微微盛开

我从寒夜的天幕缓缓降临
咬自己丰硕多肉的掌背
留下一圈整齐的齿痕
毫无血色
像荒原里的一朵白色的小野花
竟然没感到一点儿疼痛

黑夜无语 天象沉默
黑色的天空是硕大的子宫
人间所有的悲伤所有的哀愁
还有所有的爱恨情仇都被怀孕
然后在一个风雪交加的夜里降生

思想在黑夜里像一片叶子
和星星月亮一起迅速飞升
一场盛大的假面舞会和饕餮盛宴的派对
突然降临在很深 深黑 很静的寒夜
把所有的面具都摔得粉碎

在漆黑而寒冷的午夜里
我慢慢地把自己与这个世界剥离
独坐寒夜
我将是一粒被波涛冲上岸的沙子
一粒还活着的沙子
一言不发

2014 年 1 月 15 日

没有雪的冬天

这个冬天
好长好长时间没有下雪
置身其中
犹弃我于十万大山

没阳光的时候
四面八方都是灰色的天
北风呼啸从这里到那里
都是茇茇草的哀号

北方的冬天长时间不下雪
我看到的只是干枯的河床
我听到的只是石头滚动的声响
纠结的思绪就如堆积的枯草

北方的冬天不下雪
我就一直难以入眠
我就一直能听到父亲的咳嗽声
响彻夜晚

北方的冬天很长时间不下雪
风如刀般的只是向一个方向吹
剥去树木上的最后一片叶子
孤零零地站在荒野里

父亲的头发落了又落
白了又白
和光秃秃的树木一起守候
那片沧桑而古老的土地

病害的伤口在时光的刀刃下
越来越深越来越痛
夜已经很深了
只剩下头盖骨的人群沉沉睡去
可凌厉的风依然醒着

2014 年 1 月 17 日

怀念

这个季节
在祁连山脚下庄浪河畔
我的父亲,我的母亲
我的父老乡亲
他们都关紧用白杨做的老木门
于暖暖的火炕上
或者围着火炉(如果父母失眠的话)
计算着被北风吹皱了的光景
尽管外面凌厉的寒风裹挟着黄沙
呼呼作响
父母的心依然是暖暖的
因为有岁月温暖了无数次的火炕
有炉中的火焰正呼呼的响
有远方一颗颗火一样的赤子心
悠悠的怀想
木门上去年张贴的红春联
仅仅一年就白了
白得就像波澜不惊的日子
喜庆的语言 吉利的文字
却依然黑得如此时的夜一样鲜亮

家乡的老土屋沧桑如父亲的脸庞
矮小如母亲腰腿痛后佝偻的身影
花园里的梨树枣树杏树
于如水的月光里疏影清朗
架在枝丫间的一弯月亮
你看 你看
正在寻找回家的方向
你看 你看
玻璃窗上去年贴上的窗花
渺小单薄的身影就像一片轻盈的叶子
于月光里于清寒的风里
左右摇晃
但终于顶住了风的凛冽
和生活的重量
看看那些树吧
一动不动
静默在时光深处 夜的深处
冬天已在你身边
春天还会远吗
来年梨花杏花还有簌簌的枣花
就是你生命的绽放和活着的意义
就是我美丽的怀想
就是一份惦念一份回忆和渐远的时光

2014 年 1 月 18 日

春雪

新年刚刚过后的北方
料峭春寒
忽然飘来一场雪
无声无息
是雨的精魂
轻轻地投入那矮矮的坟茔
化作一颗颗清凉的眼泪
美丽的雪花在风中舞蹈
落入眼睑化于掌心
一种淡淡的酸涩夹杂着凄怆

整个一个冬天没有下雪
新年刚刚过后
春天就来了
为什么
下了这么大的一场雪
是死亡了的雨
是漫天飞溅的眼泪
是冬的威严与寒凉

尽管如此
我却依然深深地爱着我的北方
因为这里是我的家乡

白色的楼宇和大地 白色的天幕
比这更白的是苍茫的春雪
雪花融入眼中就会变成泪水
但我必须忍住泪水
像一棵小草忍住冬天的严寒
紧紧地抱住厚厚的雪
让它就为这贫瘠的大地
再次附裹
一层靓丽的新装
然后
用体温、热情、坚强慢慢地融化
渗入春雨的故乡

2014年2月10日

这一年……

这一年
见了我很多年来一直想见但没有见的人
这一年
见了很多我不愿意看见却不得不见的人

这一年
做了很多一直想做而没有做成的事
这一年
做了很多一直不想做又不得不做的事

这一年
说了很多一直想说而没有说的话
这一年
说了很多不想说又不得不说的话

这一年
春天比往年的春天更充满幻想
这一年
夏天比往年的夏天更充满诗意

这一年
秋天比往年的秋天更富有激情
这一年
冬天比往年的冬天更富有温情

这一年
父母亲头上白发比往年多了许多
这一年
我两鬓的白发也比往年多了许多

这一年
不仅收获了岁月也收获了希望
这一年
不仅感受了幸福也感受了悲伤

这一年
……

2014 年 2 月 10 日

就在那一瞬间

就在那一瞬间
忽然一道刺目的光芒
那是雪和太阳的光芒
我开始倒立行走
对着天空说话
甚至呼喊
秋天里的每一片落叶
都是天使
每一次天使的造访
我都错过
诗歌 很美的诗歌
都一次又一次
活生生的
死在了我的手里
枯黄的叶子
总是在黑夜降临
黑夜是神的伤口
每一个秋夜的降临
我都被可爱的小兽
咬断骨头

每个这样的夜晚
世界到处是戈壁
到处是冰冷的石头
秋月白白的倾斜
秋水白白的流淌

仍然是那样的一瞬间
时间也是在秋天
确乎是一个秋阳明丽的下午
同样是一道白白的光芒
幻化为刺目的令人炫目的光圈
暖暖的秋阳如胆怯的双眼
在里面

那年的秋天
落叶是更美,更温柔的
诗歌
每一首带着生命的温热
带着欣喜的泪
带着血丝的鲜活的诗歌
在我的掌心复活
于是
我和这些精灵一起
昂头走在
阳光的大道上

2014 年 3 月 19 日

三月的风

朔方的春迟
三月
我还没有褪去臃肿的冬衣
还没有来得及拭去
冬日里流下的泪滴
三月的风
便从天边带来
乳白色的梦
柳梢上沉睡的希冀
被你唤醒
一个嫩嫩的软软的生命
即将诞生
河畔埋了整整一个冬天的
梦
破土而出
虽然如初生的婴儿
但广大而无垠

三月的风

独自从广袤的原野
静静地走过
带着微寒和数点雨星
打湿路人的眼睛
朔方的春迟
迟得竟然把我和三月
还有这些许暖意的风
一起 荒芜
想象
双燕如青春的剪影
掠过微黄的窗外
然后
滴落在
多愁多病的手掌上

2014 年 3 月 19 日

聆听春夜

默坐
春夜清爽而温暖
隐隐听到花开的声音
在鼓胀的花苞上
河水在悄然微笑
而我却想啜泣

独坐一隅
聆听春夜的声音
室内木器在幽暗而苍凉的幻影中
在拔节在生长
窗外月影疏朗
是淡绿色的哀伤

我是害怕这深夜里醉人的春风
它会让寂静悄悄地来临
也会一次次带走我们的青春
我们的柔情
还有我们的眼泪

我藏你于心窝

一个幽微的希望
沉睡在无数个这样的春夜里
独坐一隅
聆听花开的声音
在鼓胀的花苞上

2014 年 3 月 28 日

夏夜之歌

歌曰:天上的星散落在地上,地上的人行走在天上……

黄昏的鸟鸣早已衔着夜的微凉入巢
月光在柳影儿上踟蹰
我固执地望着你不肯睡去
那月色笼罩下静悄悄的大地
而我在月色之外

室内只有孱弱的灯光淡白
病怏怏的涂满白色的墙
把你的手入我胸膛里来
抚摸我的心跳
定然弥散着紫色丁香花的气息

夜风从暗绿的柳叶上
抖落一地的星子如羞怯之眸眼
渺茫的琴音辽远
那是夏夜弹奏生命的歌
多情 静谧之夏夜

抑或是我藏于这幽幽的长夜
遮掩住深沉在心底的悲悯与哀戚
虽久违的春已残了 何必幽怨
营养万物的夏才刚刚开始
窗外 朦胧的夏夜
染绿沉湎于生命的心

2014年5月16日凌晨

等待

我比商场里的柜台还要低的时候
琳琅满目的商品诱惑着我
我等待着长大

光着脚丫子在田野里疯玩的时候
狂风和暴雨使我迷失方向
我等待着妈妈

带着干粮去他乡求学的时候
微薄的伙食费总是支撑不到周末
我等待着回家

直到认为自己长大的时候
在一次次数落青春的仓促中
我等待成熟的潇洒

其实 人生就是一场等待
在淫雨霏霏的日子里
等待艳丽的朝霞

在冰雪覆盖的荒原
等待春分来临花朵盛开

有时候 在寂寥的站台
等待明知不归的人回来
有时候,在一个宁静的午后
等待一缕浪漫温馨的回味

其实 人生就是一场等待
爷爷奶奶在等待中死去
父亲母亲在等待中老去

而我 望着前方的路
带着忧郁凄凉的苍白
在等待中失去
在等待中获得

2014 年 5 月 19 日

拱卒人生

你 一枚渺小的趴窝卒
平凡而不起眼
你今生的宿命就是勇往直前
只要不死 就要拱向前
一步一步 踏实艰辛 脚步铿锵

等到慷慨激昂的悲歌唱响
你演绎人生丰美的故事
步步惊心
等到繁华落尽
才领略到你的不同凡响

前进的号角为你吹响
你左冲右突 孤军深入
回望隔河的故乡
孤独的笑颜灿然
风萧萧兮易水寒
壮士一去兮不复返

向前拱 向前拱
要么玉石俱焚
要么铸就人生的丰碑

2014 年 6 月 10 日

被雨淋湿的夜

一整天的雨把夜淋得
很沉 很黑
沉得压碎了刚升起的月亮
黑得犹一面发亮的镜子
似乎能映照出我的落寞与惆怅
仅和我相隔一扇窗
我被深深地埋在夜的深处
没有棺椁也没有墓床

每一个这样的夜晚
草莽丛生 蛛网重织
硕大的沉默抒写着疼痛的记忆
没有脉搏 没有呼吸
如流动的水淌在干瘪的河床
静静的没有一丝声响

这样的夜晚
如一双婆娑的泪眼
把我带进雨季

寂寞的烟卷让日子斑驳
发霉的思绪变成一阕陈词

也是这样的夜晚
十年 二十年
深埋于在很沉,很黑的心
心 在冰封里炽热
迷蒙中我听到轻轻的步声
夜的花瓣开放
犹如一只柔软的手抚探我心
是你的气息
是被雨淋湿了的夜的气息
低声地唤我……
那是
午夜的风摇醒黎明的笑声

2014 年 6 月 19 日

老屋月夜

农历七月十四的月亮
那么大那么圆如金色的媚眼
高悬苍穹
花园里金黄的菊花灿烂地盛开
多情而娴静
秋虫的呢喃混合着花与枣叶的暗香扑面涌来
就在我眨眼的瞬间
硕大的月亮已于山顶处无言地站立
如锋利的刺嵌进肉里
还有 还有淋淋漓漓的鲜血

鸟衔着金属般清脆地鸣叫
于月影里 于发亮的枣树深处
秋夜的清凉虽代替了白昼的燥热
然鸟鸣犬吠连同月下的金菊依然带着可人的温热
身边滚烫的茶水渐凉而心却到
秋的深处去了
秋夜沉静而安谧
月华如水 月如硕大的荷叶

于微风吹来的水上
沾着露 微笑

2014 年 8 月 10 日

秋日登萱帽山

李佛殿 在晨雾里轻轻飘荡
文昌阁 把我举在萱帽山头上
我沐浴秋霜,享受果香
向着家乡的原野眺望
迎接多情的村庄
美妙的秋阳金光万丈

望到了 菊黄花红柳绿
看见了 淡紫深红浅橙
满怀着 硕果累累的希望
跳动了 一颗沸腾的心脏
火红的朝霞发出急切的呼唤
家乡生活早日进入幸福的小康

眼前的庄浪河 紧紧拥抱山峰不放
身后蓝天 映出万道霞光
山中鸟鸣 翡翠般流出疏林
殿前云烟 捧出雾岚佛光
胸中充斥着一腔火热的爱

恭恭敬敬献给美丽的家乡

而后 一个转身
关切地望着奇幻的北方
看那里 丹霞地貌的神奇景象
看那里 鱼儿跃出波光粼粼的鱼塘
我真诚地希望——
家乡要变得日益富饶、绚丽、昂扬
祖国定会更加和谐、文明、富强

　　萱帽山，家乡名山，山顶巍然屹立21.9米的铜质大佛，每年农历四月初八，香火旺盛，在此时节，山下万亩玫瑰竞相开放，风景美丽，因此成为兰州市旅游胜地。

2014年9月20日

落雨

雨 就这么一直缠绵在脚下
如一粒盐滚入湖中
不声不响 等待时光 等待
最后一瓣莲花飘零在水上

水上的所有花纹、涟漪
和春风里的花骨朵一样
我不得不闭上眼睛 就会
想起那些失去的鲜活的时光

你依旧是从前的模样
轻柔 缱绻 缠绵
因为岁月还不曾沧桑
蒹葭苍苍 白露为霜

那么 你就继续这样下吧
像十年二十年前那样低眉 落泪
泪滴和盐粒一起滚入湖中
而我依然在湖畔怅望……

2014 年 9 月 22 日

酒后……

酒后
穿过城中大什字
一路向南
到南街的时候
天 一下子就黑了

南街如此安静
尽管
十万个头颅在晃动
我依然
能听到我的呼吸
还有心跳的气息
我和我对话
悄然 我对自己的声音
陌生而又熟悉

这个时候
我尽力不去想
那些疼到心底的事

可是

酒后一个人

走如此孤单 逼仄 漫长的路

是多么忧伤

前面是安静而悠长的街巷

后面的夜色如此苍茫

我踩着我的背影

不知道从哪里来

也不知道要去向何方

……

我心中永远的坐标

老家的小院就在村落的东北角
土房子里装满了我的泪水和欢笑
已经很老了
岁月的风一年又一年把那扇老木门
吹得吱吱扭扭的响
她在彩凤山脚下近四十年静卧地如此安详
彩凤山 景色远没有名字那么富有诗意
彩凤山 依旧是记忆中的光秃秃的黄土山
儿时和玩伴一起登上山顶时
瞪着清澈的双眼 争相寻找自家的小院
我能清楚地看到我的小院屋顶上渗出的炊烟
我能清晰地听到我的母亲用小名把我呼唤
小院的北边
曾经是一块比整个村落还要大的沙地
在我的记忆里
这块沙地就是专门用来种西瓜的
小学读《少年闰土》时我就会想到她
中学读《故乡》时我也会想到她
工作后 教这篇文章时,我依然会记起她

春暖花开时节 满眼是嫩嫩的瓜秧

绿格莹莹 这是最美的背景

西瓜黄色的小花夹杂着各色的小野花

在春风里摇啊 摇啊

那一大片绿得发亮的瓜田啊!

你是我的保姆

我时常会在梦里遇见她

你 一直是我梦中的一幅画

盛夏 火辣辣的太阳似乎要把我的眼睛灼伤

西瓜在骄阳里生长

盼啊盼 西瓜成熟了啊

下乡的工作组中那个穿着中山服的大个子

红红的西瓜汁液在他的嘴边流淌

我和一群小屁孩流着口水,眼睛一眨不眨地凝望

那片西瓜地的西端

有一条蜿蜒的小路向北一直通向一所中学

那时 这所学校是全县教学质量数一数二的学校

也是我的母校 参加工作后

这条小路上我曾用七年的时间来来往往

把我最美的年华献给了我的家乡

这条小路的最北端

在茂盛的榆荫里

有一个低矮的小卖店

那里至今还住着我的爹娘

为了不给我这个身陷城里的

不肖子增加负担 小卖店已经经营了近二十年

他们 在岁月里变得日渐沧桑

继续向北

另一条小路通向深深的大山

大山的深处

有无数座坟茔

我的祖父祖母就埋在深深的黄土里

每年大年初一和清明时节

我都会一次不落的拜望

每一年都是荒草萋萋

在寒冷的风里

在清明的雨里

我似乎还能听到他们的呼吸

贫穷而清瘦的面影依然在我的记忆里

那些用土做的馒首是坟茔吗？

不 那是家族精神的传承

那是憨厚 那是朴实 那是荣光

高昂的头颅 倔强

小院的西边

是那么大的一块玫瑰园

我爱这些玫瑰

与爱情无关 与浪漫无关

我的父亲 我的母亲 我的乡亲

在那里流过汗 流过血

年复一年摘过玫瑰的双手 鲜血淋漓

那是凄苦岁月的痕迹

玫瑰园继续向西

就是一望无际的肥沃田野

我和我的父辈我的祖辈曾在这里

春耕 夏耘 秋收 冬藏

阳春三月 满眼的桃花、杏花、梨花……

我的家乡就是花的海洋

中秋时节浓浓的果香

就会在家乡的天空中飘荡

一路向西

那里有一所家乡最古老的学堂

我的追求 梦想 曾在那里

生根 发芽 充满希望

向西 向西

兰新铁路通向遥远之外更遥远的远方

曾经我不止一次站在路旁

盼望将来我能坐其中的一节车厢

背着梦想远走他乡

今天 它把家乡人的梦想

带向祖国的四面八方

小院的南端

一条条曲折的乡村小路通向兰新公路

公路一路向南 一路向南
就能够到达省城兰州
那里 一度是我做梦都想去的地方
那里 也是我童年少年到过的最远的地方
……
家乡的小院啊 家乡的小院
今天 你依然安详而宁静的卧在彩凤山的怀里
你是我心中的永远的坐标
……
等待着 等待着
我的生命 我的灵魂
做一次最终的彻底的回望

2014 年 9 月 30 日

窗外北方灰色的秋夜

数声低沉的虫鸣正在蜕皮
在黄土高原的秋夜里又滑又湿
悄悄地溜进一片枯叶的脉管里
让冰凉在骨头缝里生长 让秋草变黄

一缕衰败的月光如雪如霜
希望和怀想如苔藓般堆积
星光薄如蝉翼
月亮在慢悠悠地呵着白气

归巢的寒鸦从灰色的黄昏里飞出
连同虫鸣沉入深深的湖底
灰蒙蒙的夜色升起
我 却跌落在这漫无边际的岁月里

凉意浓浓的北方的秋夜里
风 一头栽进羊群般的白雾里
如白天阳光下的白露无声地销匿

只有数声叫作失眠的虫鸣
在我能听到的所有地方
留下一些湿漉漉 滑腻腻的
痕迹……

2014 年 10 月 6 日

深秋的午夜就这样来临

深秋的午夜
悄悄地从一卷泛黄而疲惫的书页里
爬出 于是 天象沉默 大地无语
就在你闭眼的瞬间 灵魂出壳 飞升
你就会想到青天碧海夜夜心
你就会听到清露从草尖滑落的声音
蜘蛛轻轻地从残破的网上爬过的声音
你就会看到乌鸦的黑脊背，看到
袅袅炊烟从屋顶渗出 看到
母亲弯曲的身影
回忆便悄然爬上头顶
泪水从蒙上双眼的指缝里流出

而你是多么安静，黑夜是多么安静
安静地很想把自己深埋在
芬芳的土地里
……

2014 年 10 月 7 日

窗外

窗外的鸟鸣
送来秋天的晨光
它们用粘着白露的红嘴唇
在争吵在交谈在求欢

挺拔的行道树像列兵
它们的根在亲吻大地,而
树梢在亲吻云朵,街上的行人有的
行色匆匆 有的漫不经心
他们有的在活着,有的在生活

成群结队的小飞虫
在水晶般的晨光里振翅飞行
像大海里的浮游生物,而我却
在我的肉身里锦衣修行

我们一降生就掉进大地的襁褓
被填入自然的空寂和幽深

窗外的秋天已经很深很深了
我们不断地靠近水 靠近
阳光 天空和云朵
窗外 停电后的世界真的很安静
店铺的门张着饥饿的嘴巴却不说话
黯淡的楼群高过远处的山顶
它们一直俯下身子，一刻不停地
汲取大地的水分
楼群以内和以外的人群
在慢慢地咀嚼一些具体而微的事情

窗外的秋深了
树叶一片接着一片，从我们的头顶飞出
沿着风的方向……

2014 年 10 月 10 日

天真正地黑了

从今天早上七点到现在 全城停电
天在清寒的风里，在早来的小雪花里
黑了下来 黑得那么干净 纯粹

窗外的黑夜 今晚是我穿着黑色大裆裤和黑粗布衫的爷
 爷
他守护着这个已到中年的孙儿

很久很久没有像现在这样朴实无华的夜晚了
就让我穿上那双小小的黑布鞋 回到过去

如豆的烛火 让我想起
低矮的土房子里 颤抖的煤油灯下那个夜读的小身影
爷爷蹲在炕上的墙角里 像一只大鸟
嘴里的旱烟一亮一灭 一灭一亮
而墙上巨大的黑影像一尊佛像 摇摇晃晃
那年 我八岁

在以后的日子里

每当我看到秋天的农家屋顶
我看到煤油灯 甚至闻到煤油味
我的眼角就会挂满丝丝忧伤

2014 年 10 月 10 日

落雪之夜

雪一直在下 一直在下 其实
窗外十步之遥的柳叶儿在西风里
摇曳 颤动 仍旧绿得那样顽强
我看见了它每一次激烈地生长

时间垂下它的发丝 现在
我把自己搁浅在雪夜的中央
听见神灵渐渐远去的步声
听见小白花落向窗台细碎的声响
它在亲吻我的皮肤、眼睛、发梢
大地微微颤抖……

深秋的雪在沉沉的夜里不停地落下
不紧不慢,像村妇的碎语闲言
打发午后无聊的时光 后来
我便听到了树枝折断的声音
像在冰水里的一个尖锐的激灵
抵达我晶莹的内心……

陷落于这样的落雪之夜
没有星光,没有月亮
黑暗一遍一遍将我覆盖
雪一直在下 不停地下……

2014 年 10 月 12 日

秋天被剥去了衣裳

秋天 似乎一夜之间被剥去了华丽的衣裳
站在裸露的风里

清寒带霜的夜晚如一只黑色的大猫
轻轻地舔着旧时光

岁月 在我们的肉体上结满果实
使我们变得臃肿,疼痛
然后,它们还会沿着太阳和月亮的光
从我们裹紧的躯体里流失
像细微的沙粒从沙漏慢慢地流出

夜行的人影子单薄而沉默
一截一截地消失在长长的冰冷的夜里
白天里多少存在将落入虚无
而这样的虚无又将长出怎样的真实
尽管,黑暗会在未来终将我们吞噬

我们依然会艰难行走在这样的夜晚

因为 落下的叶子还未回到风中的枝上
像蝴蝶回到前世的花朵一样

2014 年 10 月 14 日

断章之一

母亲 我每次回家都不敢仔细看你
就好像我不敢仔细看镜子里的自己
……

2014 年 10 月 15 日

断章之二

失眠如一块巨大的黑石头
从深沉之黑夜干涸的河床逃走

2014 年 11 月 1 日

静夜

实际上夜晚从来没有真正黑过
心中有一盏灯一直亮着
每当僵直的笑脸与纷扰的尘世一起
在夜幕拉开之前像海潮般纷纷退却
灵感和想象才会如星子般
在静夜里翩然降落

静夜是干净而明澈的荒原
为我铺开一张抒怀的素笺
在花香四溢的春夜里
在蛙鸣蝉噪的热风里
在霜寒露重的晚秋时节
安静的夜就会让我的思绪生根、发芽
诗和歌便在素笺上开出了花

静夜 让梦插上羽翼
从此 寂寥的长夜
是书籍和墨香驱走满心的孤寂

说不清 也想不明白
为什么 自己对白纸情有独钟
总要对你说点什么 才能
幸福地安眠

2014 年 10 月 16 日

围城

我在我的躯壳里行走
回望来时路
躯壳留下四十三双深深浅浅之足印
明心见性 静夜如洪大的暗流,将我
层层包围 心却在清寒里歌吟
我的文殊菩萨告诉我
"金狮怒目,听群山顷刻寂静
宝剑出鞘,看寒光尽扫阴霾"

吾心如卒 吾身如城
纵然如十万大山般包围
仍以冰凉之文字,唯求得今生突围
回来吧!召唤我失散的心
应了!应了!
他们都在归来的路上
来时 定然繁花满枝 心香芬芳

2014 年 10 月 17 日

早晨的雪

你来了！在黎明的微光里
静静地飘落,没有一丝儿声响
北方的严寒如铁镣般紧锁着
熹微中的云低低的如黑幕般罩着
窗外的几棵松树在黎明的寒风里伫立着
如一团不屈不挠的鬼魅的影儿

你来了！在黎明的微光里
穿一袭白衣 姗姗而来 不带一丝儿声响
厚实坚硬的大地在我的瘦脚下泛着清冷的白光
远山如冻僵了的黑色的群兽般静默着
楼宇间零星的灯光是大地刚刚睁开的睡眼吗
被生活催促着的早行人留下清浅的足印
如淡淡的水墨画

你来了！在黎明的微光里
穿一袭白衣 轻舞飞扬 不带一丝儿声响
……

2014 年 12 月 9 日

朔方的冬天

苍老的大地如一张泛黄的黑白照片
冬天 赤裸裸地莅临这荒芜的人间
呼呼的北风挥舞着泛着白光的利剑
剥开缤纷的装饰和那些虚无的繁华
苍茫原野在朦胧的寒气里露出真颜
被北风吹散的那些岁月与苦难有关

我只是喜欢以一种宁静的姿态出现
曾经那酥软的土地变得厚实而冰坚
就让我做一颗深埋在泥土的种子吧
潜藏在黑暗的地底穿上绿色的衣衫
看吧！路上那些小学生笑得多灿烂

2014 年 12 月 9 日

冬天的乡村

我祈祷的手将变作树,伸向穹苍,
我含泪的眼将变作星,俯瞰大地。

——题记

广袤的田野里那些高大的梨树
被北风吹得只剩下一副瘦瘦的骨架
几个金黄的果实还孤零零地挂在树枝的顶端
像被遗弃的孩子在凌厉的风里哭泣
田埂上斜躺横卧着茎上结着白霜的各种枯草
负载着对生活的感慨与叹息
褐色的枯叶在翻耕过的土地上
随着狂暴的风到处游荡
七八只乌鸦从这个枝头飞向那个枝头
嘎嘎嘎……鸣声凄厉而悠长
惨惨的白阳光在水渠里汩汩地流淌
村庄上空的炊烟在寒气里缓缓地消散
沉沉的浓雾笼罩在田野尽头的远山上
我紧紧地依偎在辽阔土地裸露的胸膛
贫穷沉陷于岁月、乡村沉陷于雾霭

2014 年 12 月 10 日

我爱……

我爱这美好的世界
冬日的阳光如蓬松的羽毛
褐色柳枝垂下她细细的发丝
在金色的阳光里
我像青草一样呼吸

我爱这寒冷的世界
衔着米粒的鸟雀在心瓣上苏醒
铁一样的枝丫上喜鹊睁着眼睛
在坚硬而仁厚的土地上
我如夜莺般歌唱

我爱这孕育着生命的世界
石头下的枯草闪烁着热切的目光
大西北的肥田沃土将要迎来春的喧响
每一条干涸的河流,终将
会在我贫瘠的血管里流淌

我爱这宁静的世界

自然之神温婉细微的叙说
月亮静谧地躺在无边的天幕
白亮的雪 雪后的星辰
却覆盖着沉醉的原野

我爱这美好的世界
我爱这冬日里的一切
像爱我的姑娘一样
爱所有像青草一样呼吸的
人们

2014 年 12 月 27 日

故乡二月二社火

欢乐正在向更红火处蔓延
沸腾的气浪即将被点燃
一阵紧似一阵的鼓点撞击着
因不愁吃穿而充实的心脏
金色的钹在旋转
裹挟着太阳的颜色
耀眼的铜锣在春光里飞舞
笑脸挨着笑脸 喜悦撞击着喜悦

丰盈的日子在五彩缤纷的花衣服里歌唱
春鸟的叫声
在全国文明村镇的上空回响
流盼的眼神 火红的时代
在繁密的锣鼓里 在燃烧在膨胀
涂满油彩的脸上散发着青草的幽香

我无法深入装扮着各种角色的内部
但我能够真切地感觉到幸福
如春水般缓缓地流淌

高高跷早已超过了一丈
三丈高的铁芯子上的小姑娘
正在怦怦的心跳里演绎她一生的愿望

火红而红火的社火
上演在流光溢彩的家乡
摩肩接踵的故乡人
他们的幸福漂流在欢乐、祥和的河上

二〇一五年农历二月初一

初春

温暖而和煦的湿漉漉的风
冲破冬的镣铐 来到
今天早晨的朦胧的雨雾里

朋友!
闻闻吧!那空气中的泥土气息
听听吧!那春雨的淅淅沥沥
看看吧!那花瓣上的露滴
摸摸吧!那嫩嫩的柳枝

朋友!
奋斗吧!趁着春光旖旎
爱这个充满希望的季节
爱这个美好的时代

朋友!
让我们一起上前,拥抱春天
用温暖的胸膛迎接春的呼唤
迎接这久违的温暖

2015 年 4 月 1 日

春夜之一

雨从午后一直缠绵,直到暮色垂落
广袤无边的黑夜,把思绪涂成灰色
月亮渗出泪滴,和群星一起悄然退却
今夜,你便是一块小而湿润的土地
甜蜜的青草的味儿在泛滥,在漫延

春雨过后的夜晚,张开厚厚的帷幔
湿漉漉的空气里,到处生长着苔藓
今夜,达达的蹄声,滴露般降临
它不是我的贵客,只是无意义的旅人

春夜之二

我说我听见了柳叶生长的足音
你说那是清梦开的花五彩缤纷

我说我的小窗前春的脚步轻轻
你说那是丁香眨着小小的眼睛

我说我看到月光流下洁白的清泪
你说勃勃的生机闪着醉人的银辉

我说我正沉眠于春夜的思忖
你说那却是层层叠叠的梦萦

春天的夜晚曾无数次的来临
而我却痴痴地等着那个灯火阑珊的黄昏

2015 年 4 月 25 日

五月的深夜

五月的深夜
悄然吮吸着两鬓黑白相间的发丝
在宁静的夜风里低吟
生长出颗颗岁月的麦粒

五月的深夜
是一些拼图般的记忆
就让咀嚼青草的马匹逃逸
沿着花香飘来的方向

五月的深夜
也许是痛失韶华的哭泣
刚刚放下的手链有一百零八颗念珠
比檀香更珍贵的是这清风里的泪滴

五月的深夜
也许是一本泛黄的日记
比指间飘散的烟缕更沉重的是
那些关于岁月和生命的思绪

五月的深夜
是长满鲜花嫩芽的丰满的土地
生命的汁液在沉沉的暗夜里奔流不息
抚摸诗行的手指轻轻地,轻轻地战栗……

2015 年 5 月 5 日

五月里的诗人

五月 槐花浓艳而灿烂地开放
天空中田野里弥漫着馥郁的芳香
你曾经一千次 一万次的怀想

像一片云被苍翠的树木举于穹顶
接近暗淡的天空 看沉落的夕阳

像树林里的小鸟自由而欢快的歌唱
为何要去膜拜那些人造的偶像
为何要脸上堆着笑还时而高声叫嚷

像山间小溪畔的野花 寂寞而蓬勃的开放
小野花自有它的欢欣 它的芬芳
绝不去做广场的园艺任人摆放

像一棵生长在悬崖边的树任性地生长
不谄媚纷扰的时世宁肯被刮成风的形状
在岁月的河流里迎着春天向远方凝望

如果是这样 如果是这样
诗人怎能不满心的欢喜
在五月的花香里,在泥土的芬芳里
迎风欢唱……

2015 年 5 月 9 日

别说话……

别说话
当所有的诗行变成了逼仄的街巷时
信风不来,候鸟远飞
月亮静卧在滚烫的河床
当你的背影从灰色的瞳孔里消失时
我已融入那远方的土地
不要告诉
你绿色的梦乡和我冰凉的故土
一同消失在前世恻恻的西风里
你播种春天的锄犁与银色的马匹一同倒下
你忧郁的眼神汇入沙砾

远方以南的远方炊烟升起
不要停留 我金色的梦想
你与你的银饰一起
停留在那苍老而悲悯的故乡
月亮渐渐升起 抖落星子一地
空中零散漂泊着我的乳名和露滴
我在等你,那长满玫瑰花的土地
所以 别说话

2015 年 5 月 13 日

西湖的黄昏

宋代的那个黄昏
刹那间穿越
落在二十一世纪的柳梢
一个守望了千年的伊人
还在翘首,默默伫立
在柳梢的月下,在灯火里
斑斓,在等待
等待江南的温润 等待
才女柳如是
对民族的坚贞

苏小小孤山的坟茔
在五月的萋萋芳草间
已如诗如画如梦幻
雷峰塔的夕照 闪耀了千年
怀念着一个流传千年的美艳

西湖的那朵莲花哟
走进了湖畔悠扬的二胡

拉二胡的老人哟

我怀着一颗敬畏的心

守候在你的身边

如泣如诉如甫山的泉

尘世扰扰 争权夺利

你却独守着你的安然

后生敬畏你

犹白云敬畏蓝天

西子湖畔的大姐哦

温婉的越剧 凄美的历史

如珠 如玉

秀口一吐

竟是一个北宋的半壁江山

黄昏的西湖

西湖的黄昏

我听到了岳武穆的叹息

我看到了落魄文人的

梅妻鹤子

西来的寻梦人

如东土求经的佛家弟子

为了西部的学子

为了埋下一棵春的种子
虔诚地皈依

我已融进江南
怀着颗如锦似玉的心
黄昏的西湖
西湖的黄昏

2015 年 5 月 21 日于西子湖畔

车过渭河

当西北五月的骄阳正炙烤大地的时候
西湖正飘着雨 江南正飘着雨
它也会飘到渭河 飘到卦台山,飘到
正于河边垂钓姜尚的白发里

二十一世纪的钢铁巨龙
呼啸着在渭河河谷与古华夏的文明
一起蜿蜒前行,钱塘潮水般的一路朝东
车已过渭河 然后是灞河
灞桥边的柳正绿在月色里

整装出发的西部怀揣着一个梦想
与最美丽的民间故事(白娘子)
有着一场最动人的约会
这场约会与爱情无关

2015 年 5 月 18 日夜 赴杭州途中

写给我这个中年人的情诗

今夜 微风只轻轻涂抹了一层忧伤
就把额头的沟壑填平了
只不过在二十岁的蛋糕上
又叠加了二十五层而已
扯开的是对你的别离
然而 扯不开的却是二十五年的情丝

如果世界没有抛弃你
那么 你就从爱中年的自己开始
站在步入中年的门槛上
便对你产生幽幽的爱意
如岁月为你编织的情丝
我的青春用他血液浸泡过的
紫色的手帕向我奋力挥舞
不是召唤而是别离

别离的时刻 曾爱过曾恨过
也曾写过:壮志凌云 天空海阔
岁月啊！在爱里迎来又在

爱里送往 从不截然分开

迎面而来的微风依然在轻轻吹
岁月却在身后紧紧地追
如果爱，就应该柔情如水
中年的我一凝眸一皱眉
都应把初心放在心间
如缓流入海，寂寞无言

2015年6月10日

写给我三年朝夕相处的孩子

亲爱的孩子们 今夜
办公室悄然无语
面前淡蓝色的许愿瓶沉甸甸 里面
装载着你们的祝愿和梦幻般的爱恋

分手就在明天
读着你们许愿瓶里的留言
我久久的泪光潸然
那些都是你们对我最最美好的祝愿

明天啊明天！毕业典礼后的无言
神圣的离别，那是生命的默然
三年的历程尽管短暂
一千多个黑夜和白天
我始终和你们相伴

亲爱的孩子！尽管踏进青春的前沿
莫悲伤 莫哀叹
后面的人生之路 阳光灿烂

面朝大海,浪花烂漫

你们在留言里叫我王爸
你们将来都是实现中国梦的最美的花
孩子们！我在讲课时曾经坐在你们桌子的边沿
因为我想带给你们人生的奇葩

分别啊！分别就在眼前
我忘不了你们求知的眼睑
忘不了你们对知识的渴盼
忘不了你们对老王美好的祝愿

亲爱的孩子们！你们是大海里最美的波澜
中考的试卷里一定有你们最美的答案
今夜,今夜一定是星光灿灿
亲爱的孩子们！亲爱的孩子们
你们一定有最最美好的明天

2015 年 6 月 11 日

给我亲爱的女儿

火热的六月
早晨 滨河路鲜花怒放
树木 郁郁苍苍
父女手拉着手 心印着心
人民公园里的湖里有我们的倒映
灿烂的阳光里,多美的画面

亲爱的女儿!阳光正洒在宽阔的路上
行路者最需要勇敢,如幼苗需要阳光
人的一生啊!能有多少这么美的时光
勇敢的前行吧!一路上有我与你为伴

亲爱的女儿啊!在暗夜里有星光灿烂
夜来香之后还有紫丁香的月光之朦胧
人生因为有奋斗才会是生命尽情地享受
美好的前程如锦绣 尽管你去竭力奋斗

2015 年 6 月 23 日

烈日下……

理想
在白花花的阳光里泛起
泡沫
梦
依旧在千年阴森森的古塔里
潜伏
生命依然 阳光灿烂
透明的天空让经幡摇晃
青草的呼吸在打蔫
狗吐着长长的红舌头
酝酿着一场争斗
湖底的鱼斑斓的礁石般沉默
只有暗香飘来
诗行的病痛正在结痂
树叶铁般一动不动
是一个找不到家的人
立在站台 犹豫不决

2015年7月30日

夜的灯……

风,灌满了我的呼吸
我的灯刚刚熄灭
墙上还有火发着微光
地上,人影倒立

佛被禁锢在塔里
传出一声脆响
那抑或是瓦灯
在决然破碎

葡萄在月光里眨着眼
父亲的麦子已经收获了
同时收获的还有
父亲母亲腿骨的疼痛

我的灯已经熄灭
夜的灯还亮着……

2015 年 9 月 1 日夜

秋雨

第一场秋雨
珍珠般洒了半天
现在依然丝丝缕缕在灰色的云里缠绵
在明净如洗的校园里踟蹰,梦幻般

一条长长的甬道,被斑斓花丛拥着
墨绿色的垂榆如整装待发的装甲兵
可爱的孩子们,正在细雨里检阅
雨中漫步的我在菊花盛开处痴痴

二十年前
也是这样的一个思绪迷漫的秋日
在雨中,父亲坐在院门前沙枣树下
望着对面山上的云
直到把远山望成一幅画

过去的踪迹
被我的脚步和梦想碾做尘土
记忆的青苔堆积,一层又一层

天空和大地今天依然空空
为了供养怀揣梦想的人们

秋雨依然弹奏着希望之歌
我依然站在这静悄悄的绿荫里
静候着我的过去
那时候,梦还在,父母还年轻

校园里的大树们,花坛里的
小草们,在酒一样的雨里,醉了
我的魂魄消融在垂下的柳荫儿里
只要有梦在 远方就在
秋雨皓皓 浓雾渺渺
……

2015 年 9 月 8 日

雪夜

雪,悄无声息
嵌入夜的深处
我,默默远遁
躲在身体的角落

叶子绿得泼了墨
在积雪的缝隙里
如油漆过的夜
褐色的枝干静默

初冬的夜
在我二楼的窗口独坐
溢出一汪青翠的梦
一只白鹭飞过客厅

雪,寂然落地
马蹄的达达声
由远及近,而我
是失眠的守夜人

雪,依然纷纷落地
一片,两片……
如一粒粒盐
溶化在水里
夜,停止了呼吸
……

2015 年 10 月 30 日凌晨

赠故乡

故乡
你的悲痛我无法偿还
我有的只是美好的心愿
在思念你的每一天
那里埋着我的祖先

故乡情
是长长的藤蔓
亲爱的朋友
你是我最美的乡恋

秋渐浓 冷霜寒
村口老槐腰愈弯
月笼屋后山如烟
母唤儿声仿佛在耳边

情依旧 心依然
庄浪河畔北风寒
玫瑰乡里情意暖
人生无处不青山

2015 年 11 月 7 日

我心中的那片海……

岁月在慢慢走远
生命变得越来越短
让我和我所爱的人
一路向前

翻过了那座山,是海
是我的那片海……
海浪拍打着礁岩
漫湿了我的泪眼

海浪亲吻着沙滩
在宁静的夜晚
水上漂着玫瑰花瓣
每个星光灿烂的无眠

我心中的那片海啊!
向我夜夜召唤

翻过了一座座山

朝阳下的波澜
瞬间照亮你的眼
一片辉煌灿烂

2015 年 11 月 13 日

生活

黑色的蜘蛛
慢慢地移动
悄无声响
微微颤抖的网

黄昏来临
我依然在网里瞎撞
爱我的人啊
给我正确的方向

夜雾迷茫
蛛丝上露珠在灯光里发亮
我的面前,只是
一张无法穿越的网

耐着性子 静静等候
黑暗过后 就是白昼
看 朝阳在为我们招手
旅伴 朋友 都会在霞光里闪亮

时间不会倒流

苦难的 欢愉的生命

都是我们挣脱羁绊的享受

朋友 让我们在熹微里

大踏步地走……

2015 年 11 月 16 日夜

我在漫长的冬夜里

我藏在你的内心
像葡萄藏在春天
你蹑手蹑脚,悄然
和我相见

冬夜像黑色的狐
幕布渐渐垂落
我仰面,掌心向上
我忘记了你的情长

冬天的乐器在我掌心里
让我在夜风里吹一曲长笛
芨芨草像我的父亲一样
在凄厉的喘息

母亲的哮喘像北风里的破木门
我只能不停地问
我能在荒草里见你?
我亲爱的阿姐

你走的时候在秋天
我离开家的时候也在秋天
那时,硕果累累
夕阳流着血,苹果一样红的血

我来家的时候正是国庆,父母在
你却不在,那天下午
你挣扎在痛苦里
等我到县医院时,留给我的只是哭泣

冬夜里,我想你
我的姐姐
让我在风里,在雨里……
在你至今还红润的面颊里
哭泣

让风为你祈祷
让雪为你祈祷
而我只能把我的五个手指
深深地插在荒草般的乱发里

2015 年 11 月 21 日

冬日的黄昏

夕阳将要沉下去的一瞬间
难得的晚霞喷涌而出
是初吻的红嘴唇
多么像故乡的玫瑰

冬日夕阳里的故乡
有梦一样的炊烟
短墙外面
盛开着祖辈的笑颜

褐色的树枝瘦成了干柴
田野像牛的肩胛骨
羊群懒散的由村南到村北
步履蹒跚

夕阳已经沉落了
光秃秃的树枝上
北风吹着乌鸦翅膀
在贫寒的土地上哀鸣

2015 年 12 月 17 日 夜

冬至这一天……

灰白色的阳光穿过鸽子的羽毛
空旷的大地上写满欢乐与悲伤
想想这短暂的白昼和这漫长的冬天
许多美好的旧时光
像沉默的旧照片一样在慢慢发黄
窗外矮小的松树竟那么的衰弱
灰褐色的枝条低吟着长期的苦痛
无数个小松针会刺痛你的眼睛
你应该赞美冬至这天短暂的时光
从这一天开始,白昼将越来越长
你尝试着想一想:
如春天般烂漫的童年
如夏天般奔放的青年
如秋天般成熟的中年
如冬天般萧瑟的老年
只是在一个四季轮回里的冬天的门槛上
岁月已经悄悄偷走了你青春的时光
留下的痕迹不光是悲伤,还有甜蜜的回想
你看见过蜜蜂和蝴蝶在花丛中尽情地徜徉

你听见过画眉在翠绿的枝头欢快的歌唱
你必须赞美冬至这一天短暂的时光
就像赞美去年母亲在故院里种植的金菊
在清冷月光下泛着柔和的光
尽管母亲今年病了之后再也没有种植金菊
却种植了深沉的痛在心里，在冬至灰白的阳光里
你必须赞美冬至这一天短暂的时光……

2015 年 12 月 22 日冬至

湖……

我温柔地看
一汪清澈的湖
看他如何在
微雨初晴的朝阳里
变成空灵的蓝水晶
湖中的那枚小小的光斑
不是美学上的辉点
而是美人低眉颔首,忧郁的眸眼
眼角的一滴清泪

我安静地看
一汪清澈的湖
看他的内心是如何的
干净而饱满
我只能远远地看他
而不能走近他,因为
偶尔有水鸟的嘴唇温柔地掠过
漾起的微澜苦涩而甜蜜
我更不敢掬你入口

我怕揉碎在你的柔波里

我深情地看
一汪多情的湖
淡淡的哀伤,沉沉的相思
是你白皙的肌肤
那些存于湖水深处内心的秘密
面对这汪清澈的湖
像面对一场盛大的春天
咬着自己的嘴唇
内心的苦痛和喜悦
却从来不轻易对别人说出

2016 年 3 月 1 日

铁窗

我高尚的灵魂

囚禁在我卑微的肉体里

铁窗 冰一样冷

三月的阳光洒进

只一个平方

我依然站在绚烂的阳光里

张开的双臂

犹如展翅欲飞的鹰

肉身是一扇小小的铁窗

灵魂却要自由飞翔

2016 年 3 月 2 日凌晨

酒

她是柔软的
柔软的如同风中的火苗
她又是坚硬的
坚硬的如同脊背上的刺

她可以点燃你的灵感
让你的思想飞翔
进而创造人生的辉煌
她又可以让你疯狂
稍一放纵便可使你灭亡

她可以让你忘却忧伤
也可以使你倍加惆怅
她可以让你走出迷茫
她又可以使你彳亍彷徨

尽情地喝吧！Cheers
为了友谊，为了胜利
尽情地喝吧！Cheers
为了忧愁 为了悲伤

2016年3月2日凌晨

我们那时候……
——给姐姐

那时,我们兄妹仨
在秋天的田野里
野菜篮子里装满了笑语欢言

那时的天蓝的像
你从来没有见过的纳木错湖
梦一样的天空
还飘着羊群般的白云

那时,冬天的风那么冷
水库里的冰那么白,那么厚
厚得可以承载住整个世界
你推着冰车上的小男孩
小男孩水晶般的笑声
把整个冬天温暖了起来

那时,柔柔的春风里充盈着
槐花和玫瑰花的香那么甜那么暖

那时，绿油油的田野里
我们兄妹仨就是一道靓丽的风景线

那时，夏天的夜晚
星星那么多，那么密
我们一起坐在大门前
你说，它们像我一眨一眨的眼
那时的夏夜多么静谧，多么安详

可是，在十年前的秋天
你在我的心里种下了深深地怀念
从此后，我的泪珠被你穿成了线
那个秋天，雨落纷纷叶落片片

姐！
今夜是一个春风沉醉的夜晚
怀念如一串温软的项链
忽明忽暗的灯光下
树影婆娑，泪光潸然

2016年3月3日凌晨

三月雪

你像小小的米粒
却很重很重
我裹紧一贫如洗的身躯
听不到你一丝儿声息

伫立窗前,灯光的映衬下
是你玲珑剔透的玉体
你也许是含羞的蓓蕾派来的
天使 默然不语

装琼浆的羊脂杯
是寒彻的玉骨
往往藏着春天一样的心
还有火一样的热情

今夜,三月雪在低吟
而我,在你的风景之内
待到,明天红日初升
我的心,依然是你
最耐人寻味的诗境

2016年3月9日 第一场春雪

春风……
——在生日写给自己

春风于我的窗前悄然拂过
像母亲的手掠过我的发际
今夜春风沉醉自由的呼吸
昨夜春雪纷纷漫湿回忆

夜风啊！给我捎来了春的消息
水仙花的梦从我鼓胀的诗行里
悄悄地浮起……
像蛇一样蛰伏的古莲蓓蕾綮然

我于窗前的春风里
酒一样的春风里
唤醒了自己，表达了自己
我所有的情思
将在明天深埋于春风吹过
丰盈美丽而多情的土地

2016 年 3 月 10 日

我想停下来……

我想停下来
深情回眸来时的路
路上开满红罂粟
还有金黄的蒲公英
发出灿烂的笑语

我想停下来
躺在绿草如茵的山坡
看天上悠闲的云
看一片羽毛在天空
自由地飞

我想停下来
轻轻地闭上眼
听风中鸽子的哨音
听花儿盛开的声音
吮吸紫丁香的气息

我想停下来

仰望雪花的飘临
把其中的一朵藏在指间
后来,连我自己也找不见

我想停下来
看一朵花慢慢地靠近嘴唇
看羊群和老人在夕阳里归来
看一群小星星悄悄地散开
听青草间愉快的虫鸣

我想停下来
……

2016 年 3 月 14 日

在屋后的山顶……

屋后的山顶
在呜呜作响的春风里
我在山顶站了很久
我连同我的悲哀一起
埋在这带着寒意的春风里

从山顶向下俯视
儿时玩耍时洒下欢笑的
那个"水帘洞"那个小山坡……
少年时求知时的那个小学校
尽收眼底,儿时的玩伴
而今已像落叶般飘散

念及父母那时年轻的容颜
父亲在我的记忆里
是一座雄伟的山
母亲则终日劳作,沉默寡言
而今父母已是风烛残年
终日与哮喘和疼痛为伴

在屋后的山顶,我不禁泪水潸然

在屋后的山顶
三月的风并不温暖
生我养我的小村庄就在眼前
一切美好的回忆也犹在眼前

站在屋后的山顶
三月的风呜呜作响
我的小村庄竟成了这般模样
我的父母竟衰老成这般模样
我和我的生活竟成这般模样

站在屋后的山顶
就让我的泪水随着
三月微寒的风飘散在
未知的远方……

2016 年 3 月 12 日

夜语

春天的最后一颗星坠了
北方的春天犹
在玫瑰的枝头孕着初恋的梦
然而陇南的油菜花在引蝶招蜂
南方的茉莉花盛开如热恋
淡雅的芳香在月夜悄然弥漫

北方的春天来了,风便温文尔雅
像在吟诵诗经的蒹葭
伊人犹一枚雨星
翩然如彩凤
吻着春光枝头的恋情

2016 年 3 月 16 日

明天,不

2016 年 3 月 16 日凌晨读北岛诗有感

这不是相见
我们从未谋面
尽管我与我的影子
不弃不离
像今生之梦幻

明天,不
明天依然是我的彼岸
谁拒绝,谁就是罪人
明天的归期
就让它在春天里开始吧!

早春的阳光

某一天 在某个面南的窗前
由某一双手轻轻地捧起
你柔嫩而明亮的脸庞 你说
枯叶下的新生命那么衰弱
却发出那样急促的呼吸

这使我忽然想起
某一个黄昏我的被拉长的背影
由某一种期盼达成某种默契
让一抹夕阳和某种情绪
紧紧地拥在一起

我时常这么想
某一个春日的阳光所遇到的
孤独的泪眼,欢喜的笑容
含苞待放的金色花
都是这美好的阳光所注定要遇到的

我有时也这么想

应该珍惜我们一起走过的
每一个美好的黄昏
就像珍惜我们生命中遇到的
给我们欢乐的,悲伤的人一样
也许 这也是命中注定的

我们也可以忘记
这些欢笑和悲伤的泪珠
但从此之后,每逢黄昏来临
我总不由自主把目光投向山头
轻轻抚摸霞光的哀愁

2016 年 3 月

写给父亲

父亲,你是一座巍峨的山
一座质朴善良正直而宽容的山

像你的品格一样
是我,今生拥有的财富

今夜,我仿佛听到骨头与骨头
碰撞的声响

一瞬间,我的心忽然
针刺般的疼了一下

父亲,我从未让你骄傲
你却!待我如宝

2016 年 3 月 18 日

第一场春雨

闭口无言的一个下午
恰好是春分时节
第一场春雨像酒一样落下
清新绵长 回味无穷

像一场恋爱
给刚睡醒的土地以长吻
心里的嫩芽儿知情知心
雨丝儿却还在无休止的献殷勤
你若是春雨
我便是饱和了的一片云
就让大地坦露诚实的胸襟
献爱于春天以柔情

像一袭薄纱的梦
冬天里做过的春天的梦
初雨浸润过的柔枝嫩芽
有薄而潮润的呼吸
走在雨里的每一个人

都是幸福的
与怀揣一颗温暖柔和的心的人
与心存爱的人也是幸福的一样……

2016 年 3 月 20 日 夜

春天里的一个下午

朝南的落地窗面积很大也很亮
窗外阳光灿烂 春风浩荡
他觉得自己辜负了这大好的春光
在窗边站了一刻钟
他一定看见了临窗的松树梢吐出的嫩绿

他轻轻闭上含泪的眼：
春天一个又一个的迎面而来
父亲的腰却弓得越来越矮
母亲的哮喘也越来越厉害

穿过玻璃窗的阳光是猫的舌头
轻轻地把他舔成了一把骨头
汽车的鸣笛和城市的喧嚣
是一把温柔的锉刀
没有灵魂的躯壳 在
孤独里生息在痛苦里游弋

这个下午
他有时候也想些美好的东西：
在同样的春天里 阳光照进屋子
空气中弥散着玫瑰花和小麦的香
浅浅的时光安静地从身边流淌
岁月静好 与春天相拥悠远绵长

2016 年 3 月 24 日

去看你的那天……

去看你的那天
天格外蓝
阳光洒满那个小山坡
春风从四面八方
紧紧拥抱着那个小山谷

我在你坟前
像往常一样
静静地躺了半小时
看天上的云缓缓游动
自东向西
我经常能听到
三尺黄土之下
你深而痛的呼吸

尘世里的我是幸运的
十几年来 每年看望你两次
每一次的阳光都
如你生前的笑脸一样灿烂

每一次躺下看天空的时候
我都会想：
活着！真好！

2016 年 4 月 2 日

致已拆去的老屋

老屋啊!您在贫瘠中
在苦难里诞生的时候
父亲才三十出头
年轻而健壮
那年,我才八岁
春天的花格外红柳愈加绿
我们有了自己的新房

那时,我们一家三代聚满堂
幸福时光总是不会很长
时事艰难尽沧桑
一九八一年,祖父染病在床
一九八二年闰四月
祖父在病痛中逝于东屋的炕上
那天清晨,东山上有一轮发白的太阳
那年,我十二岁
老屋啊!那里有我童年的欢笑
那里有我失去亲人的悲伤

乌云定然不会一直遮住太阳
改革开放让裹着破烂衣裳的老乡
看到了希望的曙光
自此我的家改变了模样
祖母健康,父母性情爽朗
我们兄妹仨茁壮成长
一九八三年,从没离家的我
求学他乡
一九八七年,我在家人的欢笑里
吃上了皇粮
父亲说:这是家族的荣光
老屋啊！我不会忘记
您给我的坚强,你给我的开朗

老屋啊！您的孩子又回到你身旁
一九九一年八月
与父亲在东屋里长谈几近天亮
九月,我在老屋旁的学校回报故乡
那年,我二十岁
父母的善良勤劳没有辜负
改革开放的伟大时代
家境殷实,粮食满仓
老屋啊！是你给予了我
奉献青春的力量

一九九五年九月
田野里硕果累累,秋高气爽
老屋啊!在您北屋里
陈设了我的婚床
一年后,随着女儿的诞生
一家其乐融融四代同堂
一九九八年八月
不甘平庸的我又一次别离家乡
那年我二十七岁

老屋啊!你并没有给我幸福绵长
却又一次给了我痛彻心扉的悲伤
祖母久治不愈的哮喘再次肆虐
那年冬天地冻天寒,日月无光
祖母粗重的呼吸里,在腊月初八的晚上
病逝于东屋的炕上
老屋啊!
你给了我欢笑,也给了我悲伤
那年我三十岁

自此后,妻儿随我到他乡
父母亲却像两棵笔直坚强的白杨
整日在家乡的小卖店里操劳奔忙

去年寒假回乡,蛛网挂满墙
满目破烂尽沧桑,想当年
小屋灯儿亮
一家老少聚满堂
有说有笑饭菜香
看今朝,叹凄凉
人四散
怎不叫我怀悲伤

老屋啊!在我最幸福的时候
你给了我悲伤
在我最无望的时候
你给了我希望
老屋啊!别责怪我
今年春意正浓的时候
将你夷为平地,因为
你太累了
那天,我看到
一根从厨房顶上拆下的扁担
便想到父亲当时的艰难
我不禁泪水涟涟
老屋啊!
我恨过你,但我更爱你

今年的春天故乡的天空
又一次弥散着槐花杏花梨花的香
老屋啊！我和父亲终于将你重建
二〇一六年四月初八
父亲和善良的乡亲
将为你主柱，封顶，合龙口
在你的每根柱子里
浇铸上太平钱
保佑父母平安健康幸福绵长

2016 年 5 月 12 日

又一片叶子落在冬天的门槛上

又一片叶子落了
我的心猛然疼了一下
因为漫长的冬天快要来了
说实话
以前我是一直喜欢冬天的

近两年
一到冬天 母亲的咳嗽
就像雪片子一样
没完没了的
父亲的腰腿痛
像北风刮过后无边无际的荒原

我小的时候喜欢冬天
那时 父母亲也喜欢冬天
他们会有难得的清闲
我也可以滑冰车 捕鸟……
那么美好的时光和那么短暂的冬天

写到这里,我不知道为什么
无缘无故地想起《平凡的世界》开头的一句话:
"黄土高原严寒而漫长的冬天看来就要过去,
但那真正温暖的春天还远远地没有到来。"

一片叶子落了
又一片叶子落了 落在
冬天的门槛上

2016 年 9 月 25 日

那是一个多么美丽的秋天

昨夜淅淅沥沥的秋雨
让校园的操场像镜子一样明亮
花坛里的菊花散发着清香
有一些菊花的叶片掉落在
发亮的甬道上
像一枚枚水墨画的印章

八瓣梅的茎叶大多已发黄
许多花仰着干净的脸
在微雨中灿烂绽放
操场上 孩子们的嬉戏声
在深绿色的榆树叶间回响

洁净的操场上
倒立着教学楼高大宏伟的映像
高远的天空中偶尔有
一两只不知名的鸟儿
发出悦耳的鸣叫

我忽然想起

去年这个季节的阳朔和漓江

山和水和树绿的跟山歌一样嘹亮

想起沱江和古城凤凰

古老的吊脚楼倒映在水面上

忽然想起

去年这个季节和女儿在长沙

在橘子洲在岳麓山在湘潭

举家出游的甜蜜

和女儿小别离的忧伤

那是多么美丽的一个秋天

云在水上走 水从天上来

2016 年 9 月 27 日

秋雨

早晨眼睛还没睁开
就被絮絮叨叨的秋雨
叫醒了 一场又一场的秋雨
总是在夜里像梦一样地下
总是天亮了还丝丝缕缕地下
扯也扯不断……
把好端端的一个清晨
用青纱裹得严严实实的
云遮雾罩的
把一个好端端的黄土高原上的小镇
弄得像潮天潮地的江南
像糨糊一样的江南

我觉得我真的到了
离开这儿的时候了
可我 哪儿也去不了

2016 年 9 月 29 日

窗外

几粒鸟鸣和阳光碰撞
松树的阴影在落地窗上
绘着水墨山水
阳光洒在我的书桌上
我安静地坐在旧时光里
与树上的最后一片叶子
与高远的天空
一样静
多少个春天都过去了
多少个人的脸都淡漠了
我所怀念的不是那些已经消逝的东西
而是阳光里的那些鸟鸣
鸟鸣时的那些宁静

2016 年 12 月 13 日

冬天里的一棵树

被雾霾 北风
褪去丰满的肉身
仅剩数根瘦骨
倔强 站立
每一根肋骨
都是向上的姿势

2016 年 12 月 14 日

在春天里

在春天里
风儿是那么的温和
阳光是那么的灿烂
那几棵高大的树
忧郁地站在那儿
只是 向四面八方
伸展开它褐色的枝丫

在春天里
屋顶的天
是那么蓝 那么宁静
孩子们的笑声
是那么的轻灵
我坐在朝南窗前
不想说话也不愿意思想
只是
无端的惆怅涌向我的胸膛

在春天里

窗外的小虫子
在树枝间自由地飞翔
像我儿时的小风筝
在三月的风里
那么快乐那么轻盈

春天的阳光是那么的灿烂
而我的眼里却泪光闪闪

在春天里
风儿是那么的温和
阳光是那么的灿烂
岁月啊
我把我的一切都交给了你
而你
终将会把我变成尘埃
还给宽厚的土地

2017 年 3 月 6 日

春风沉醉的三月

三月
春风涤荡的三月

暖暖的三月
玫瑰怀孕的三月

父亲老去的三月
母亲咳嗽的三月

在三月
老房子门前的玫瑰园
醒了

在三月
祖父在黄土里
醒了

在三月
祖母的坟上

北方的衰草被杏花唤醒

在三月
姐姐的一抔黄土
和那弯新月在
在黑夜里
被星星唤醒

在三月
春风沉醉的三月

你们都成了一片片在风里飘散的叶子

又到春天了
屋后彩凤山顶的风是安静的
彩凤山也是安静的
安静的像一头反刍的老牛
父亲 母亲也是安静的
安静的春耕秋耘
安静地度过缺衣少食的冬天

那时候
我们这十几个小屁孩儿
也是安静的
安静地和父辈们一起
吃苦苦菜
喝苞谷面糊糊
喝清的能看到自己脸的拌汤

安静的掏鸟蛋捉迷藏……
安静的下河游泳捉鱼捉青蛙
安静的比谁撒尿撒得远

那时候我们的生活没有红,没有绿
记忆里只是一片安静的灰黄
只在安静的时光里安静地成长

时间是母亲手中
生锈了又磨光了
磨光了又生锈的一把镰刀
小屁孩儿长大了
母亲的镰刀变窄了,变薄了

三十年了 你们都去哪儿了
一个个像在安静的风里
飘散的叶子

那时候和我关系最好的新德子
初中没读完就迷上武侠小说了
在家里看,在麦田看,在苹果树下看……
后来就去外地打工了
从西藏领来的媳妇十几年前就跑了
去年只在他父亲的葬礼上见过一面

另一个关系最好的元德子
二十多年前
结婚只两年就又离婚了

他就去省城打工了
几乎没有回来过
我没见过

后院子的尕胖子
二十几年前结完婚也出去打工了
我们只在春节见过三四面
那时候 我用铁环把子打破过他的头
那块伤疤上再也不长头发了
今年腊月里给他打过一次电话

娃娃头儿尕海子
那时候我和他打过架
后来卖过鸡蛋 开过三马子贩过面
再后来他就携妻带子的也去省城了
他几乎每年春节都回来
大前年他把他的老屋变成了尕二楼
后来他就病了 病得很严重
去年这个时候他得胃癌没了
前年腊月里我们还一起斗过地主挖过坑

又到春天了
你们都像在安静的风里
飘散的叶子……

前天 在安静的雪中回了故乡
春雪飘飘零零的在故乡
安安静静地下了两天
我真的想静下心来
找回那一片片在风里飘散的叶子

三十年了
我和你们一起安安静静走过的每个日子
都是我书页中安安静静地
躺着的一片片灰黄的叶子
每一片叶子都有或喜或悲的故事
每一篇叶子都是值得珍藏的记忆

2017 年 3 月 14 日

黄土高原的春天,来了……

黄土高原的春天终于来了
像裹着脚的和善的老婆婆
总是来得很迟 很迟
是带着极细小的南风来的

墙角的蒲公英
悄悄地打开了黄色的花朵

房前怀孕的土地醒了
那些种植了柳树国槐榆树杏树的土地醒了
润软肥沃的像浸过油一样
也许明天 这片广大无边的土地上
将会开出白色黄色红色粉色的花

屋后的彩凤山
被细小的南风唤醒了
他把碎银子般的阳光,从他的额头
不断地洒下来
春天来得太迟太迟了

也许明天 这座光秃秃的大山
将会穿上绿色的新装

黄土高原的春天来了
她是带着极细小的南风来的

2017 年 3 月 22 日

母亲、母亲……

——母亲节因为加班,不能到母亲身边,谨以此篇写给我年逾古稀的母亲。

母亲,我
一再默念过的
你那满头的
白发
每一根都是隐忍,都是叹息
用心读你
用七十年的风霜刀割的脸
每一条沟壑里都盛满
汗水的盐渍,岁月的荒寒

母亲
今天是你没有焰火的节日
这样的日子适合回忆
适合流泪也适合默念

母亲

五月的天,好蓝好蓝
蓝得像你年轻时
白底衬衫上细碎的蓝花花
更像我们李家坪的一大片胡麻花

母亲
天上的云好白好白
白得像我十二岁那年,你
送我远行求学时,你
站厚了两寸,三寸,五寸的
那一场大雪

母亲
办公室向南窗外的雪松好绿好绿
绿得像四十年前我们小院北房子
窗帘上印着熊猫抱着啃食的竹子
绿得像我家沙梁上两亩四大地
五月里绿油油的麦子

母亲
五月的阳光真好
每一缕阳光都是你
万两白银,千两黄金的
恩赐

好的就像你今后
每一个风调雨顺的日子

母亲
你看,我的须眉皆已染白
四十六年的尘与土、悲伤与欢笑
还有我们一起走过的苦雨凄风

母亲
今天办公室好静好静
随着文字的流淌和诗句的成行
随着细细碎碎的回忆
一阵紧似一阵的心跳
母亲,我忍住不哭

母亲,上次回家
我躺在温暖的土炕上
你穿着潦草而质朴的衣裳
和刚从地里回来浑身是土的父亲
在同样的潦草黑暗而窄小的小卖店
在同样潦草的柴火炉上
在同样潦草的黑乎乎的铁锅里
揪着同样潦草,大的大小的小的面片
饭端到炕上后,你对父亲说:

"你给娃把醋拿过来"
母亲
那次我哭了
只是你没有侧过脸来
看我脸上黑暗里晶亮的泪光

母亲
今天,四十六岁的我,心好痛
在七十岁的你面前我如履薄冰
记忆是一把锋利的刀子
刀锋所及落叶片片,二十年前寒霜的秋天
姐姐因车祸没了,我只看到你苍白的脸
你忍住没有哭……却对含着泪的我说:
娃,这是你姐姐的命,再不难过
我知道,你一定在无数个
没有月亮没有星星的深夜里哭过
因为,这是你胸中用慢火熬着的一锅哀恸

母亲
二阴地区的夏天就是这样,娃娃脸
窗外黑云沉沉,我把好好的大晴天
写着写着,写成了阴天
办公室光线很暗,我不想把灯摁亮
它适合我攀着脐带爬行到生命的起点

你的血中有我,我的肉中有你
一路苦藤一般无尽无止地纠缠

母亲
今天是你没有焰火的节日
这样的日子,适合流泪,适合
回忆,也适合默念……
默念七十岁的你平平安安
默念上苍把以后的每一个好日子
送到你白发的窗前……

2017 年 5 月 14 日 母亲节

慢

雪依然在家乡
慢悠悠地下着
大自然有的是时间

在白色的襁褓里
门前大片的玫瑰
在慢悠悠地发芽
刚播下的种子在泥土里
悄悄地生长

炉火上
茶壶里慢悠悠地冒着热气
父母在炉火旁
慢悠悠地生活

2017 年 3 月 12 日

从来没有如此地走近你

从来没有如此地走近你
无边无际的水在长江里
触手可及,暮色降临
大如伞盖的夕阳
让此刻变得庄严肃穆
我静静地站立,屏住呼吸
我只能眺望或者是平视
你从日落的方向
娴静地漫向天际,流入大荒

从来没有如此地走近你
刚到你身边的前五分钟
自己以为是你的浪花
淘剩的英雄
此刻,看
天地空旷,江水苍茫
我只不过是一张
被岁月揉皱的纸
被你淘剩的沙粒

从来没有如此地走近你
你让我想起李白 白居易 张继
这一江碧水,盛满历史
我静静地站立,不忍离去
待我离开之时,你已将
夕阳吞没,四野如漆……

2017年3月29日

从海门到上海

大巴一直奔驰在
从海门到上海的路上

上午八点到九点半
天空正孕着一场
浩浩荡荡的雨水
摇摇欲坠
窗外,是一片
灰蒙蒙,潮泅泅,黏糊糊的
三月天,南方的三月天
那些树木已经舒展开了叶子
满眼的嫩绿,深绿,灰绿
其间星罗棋布着油菜花的金黄
偶尔有满树粉色的,白色的
玉兰花从窗前一闪而过
怀孕的天挨着树,树撑着天
远处,田野与天空连或一片

一路上,我没有看到

任何一种飞鸟
也许,鸟的翅膀天生是
拍打阳光的
它拍不动这湿漉漉天空

2017 年 3 月 30 日

故乡的雪

以梦为马,打马过江南
江南的雨落在雨巷
是梦达达的蹄声
还是我归去的足音

上海一整天的
雨声,吻白色的,粉色的玉兰
吻嫩嫩的小叶紫檀
可是,我只想吻吻故乡的雪

江南的雨太妩媚太暧昧
像涂了色的毛玻璃
从南周家庄的雪,到北
新屯川的雪,白的爽爽利利

以梦为马
打马过江南
我的马只是在西北
饮水和盐的时候

故乡的雪正踮着脚,吻
故乡那弯清冷而粗糙的月

江南的女人精致,江南的
男人精明。如琉璃的浅盏
盛不下我这样厚重的老木碗
不如归去……不如归去

故乡的那弯清冷的月下的雪
让我爱你,像爱
我的姐姐那样的爱你
姐姐!今夜我想你!
在南方想你!

　　后记:从沪归兰,在列车上忽想起亲爱的姐姐,雪一样纯洁而温暖的姐姐,兼怀故乡!

陡岘子

一九八二年闰四月,爷爷没了
父亲把他的父亲翻过陡岘子
埋在大山里
那时起,每年翻两次陡岘子
大年初一翻一次,清明前某一天
翻一次,年年如是
二〇〇一年腊月十四,奶奶没了
父亲把他的母亲翻过陡岘子
埋在大山里

因为那个崾岘太陡了
父亲说:所以叫陡岘子

岘那边是阴面
岘这边是阳面
那边住着我的奶奶和爷爷和
我的祖先

那时候,我翻陡岘子

蹦蹦跳跳,父亲怕我滚下去
今年大年初一翻陡岘子
我搀扶着父亲翻过去的
我腰弓得很低,父亲
躬得更低

今年正月二十,父亲
让我给他和我母亲找个墓地
也要埋在陡岘子的大山里
那时我的眼睛苦涩而潮湿
……

我终究要把我的父亲母亲埋在
陡岘子的大山里
我要在那面的大山里
种桃树,栽柳树
我要在那面的大山里
痛痛快快地笑彻彻底底地哭
……

2017 年 4 月 2 日

三个老人从青土坡上走下来

三个老人
从青土坡上走下来的时候
春天金灿灿的阳光
正洒在他们脚下的山坡上
他们像三只黑蚂蚁

走在最前面的是五十二岁的四叔
年轻时做过阑尾炎手术
糖尿病拿着一把锋利的刀子
这些年一直尾随着他
他比以前更瘦了些
春节前后又做了两次白内障手术
也许在他的眼前
从没有像今天这么亮豁过
用手机一会儿拍远处的尖山
一会儿拍对面的七彩丹霞

走在中间的是六十六岁的二叔
二叔是父亲兄弟四人中

个子最大,最精干的一个
五十多岁的时候
从房上摔下来,折断了肋骨
戳破了肺,在省城做过开胸手术
前年又做了腮下淋巴手术
这些年堂弟把他从乡下接到城里
今天,在阳光下看上去他很精神

在最后边住拐杖,腰弓得很低
走得小心翼翼地
是我七十二岁的父亲
十八岁就当了我们四社的队长
三十多岁时,一大家子
十余口人的担子就落在他肩上
四十多岁给乡上的企业跑供销
跑遍了全国各地,为这一大家子
为企业得过神经衰弱,焦虑症
后来颈椎病就一直缠着他
再后来,他把爷爷奶奶
接到身边,养老送终
埋在再翻过两个山梁的岘上
前四年因为肺心病住了一次院
前年因牙痛颌下感染又住了院

三个花白头发的老人
从青土坡上走下来的时候
春风温暖的像母亲的呼唤
阳光正温柔地摸着他们的脸
他们和他们地儿子，儿媳
去祭奠他们的父亲母亲……

2017 年 4 月 3 日

清晨

清明微雨的清晨
几声鸟鸣
从老屋的杏树上滑了下来
几朵早开的杏花带着细雨
光线慢慢明亮起来
越来越多的鸟鸣唤醒黎明

满树的蓓蕾在悄悄地绣光阴
每一个里面藏着细小的春天
风里细小的花香
静静地舔舐一段旧时光

当我抬头从蓓蕾间看见
一缕阳光的时候,整个世界
猛然安静了下来……

2017 年 4 月 4 日

太阳只出来了一小会儿

2017 年 4 月 12 日的上午
太阳只出来了一小会儿
那时候,我正在学校的中心花坛
看了一小会儿花坛角落里
长出的几簇冰草
几簇孤独的嫩绿的冰草
那时候阳光很好
之后很长一段时间
我站在一株开花的树前
这是唯一一株
已经开花的树
没有暗香浮动
花开得很孤独
但是,在阳光下
却开得很美艳
像数百粒小小的火焰
又像数百颗睁大的眼
在阳光下和我对视
昨天,前天都下着雨
今天,太阳只出来了一小会儿……

2017 年 4 月 12 日

那一小段时光在慢慢地生锈

难以忘记那一小段
安静的时光
记得在过去的岁月,四月里
我总是一个人到家乡的田野
安静地坐在田埂上
云在头顶悠闲的飘
阳光像碎银子一样
从嫩绿的枝芽间撒下来
杏树 桃树 梨树都还没有开花
只出来黄豆粒大的细芽
脚下刚破土的麦苗吐着新绿
偶尔会从树上掉下几粒嫩绿色的鸟鸣
听着远处村庄里传来隐隐的犬吠声 人声
听着田野里的细小的虫子发出隐秘的声响
听着风从头顶的树木上轻轻吹过
听见四周的树木微微摇动
几片去年的枯叶擦过树干,掉落地上
每当这个时候,我总是很忧伤
每当这个时候,总是怀念逝去的青春

如今，又到了人间四月天
我的肉身已经锈迹斑斑
过去的那些美好的、安静的、忧伤的小时光
也在慢慢地慢慢地生锈

2017 年 4 月 14 日

四月 在故乡

微雨。细柳。白梨花
梨花带雨。柳含笑
内心平静。还有点小湿润

四月,田野着一袭绿底白花的裙
绵密的细雨压不住温软的热情
远处炊烟袅袅。村庄无声

春天的大地。到处是花朵
蜜蜂逗雨,把细小的腰身
藏在梨花蕊中
我眼前是燃烧,浓烈,炫目
在雨中,神秘而妖娆

我能听见我内心的声音
仿佛也听见母亲唤我的乳名
温暖极了。尘世繁华,内心安宁

我愿意一直这样

触手可及。梨花如云
看青山如黛,看流水无情
看温馨宁静,心如止水
在故乡,一切都动魄惊心

2017 年 4 月 16 日

这个女人……

谨以此文献给天下所有的平凡而伟大的母亲!

这是我三岁时大雨之夜背我
到五里之外给我看病的女人
这是我五岁时第一次
给我吃棒棒糖的女人
这是我八岁时送我
到乡村小学读书的女人
这是十三岁在大雪天里
送我到四十里外上初中的女人
这是我初中三年每周都为我
烙一大包锅盔的女人
这是供我上初中在村上为我到处借伙食费的女人
这是为了我能考上师范到彩凤山
求过签的女人
这是我考上学后激动地流过泪
的女人

这是给我的祖母喂过饭 端过尿 擦过身子的女人
这是吃苦受罪挨骂挨打把眼泪咽到肚子里的女人

这是患了慢阻肺的女人
走不过十米就要休息大口喘气的女人
这是生过我养过我的女人
这是上次我回老家还给我下面片子的女人
这是让我一想到她就泪流满面的女人
这是一个七十岁的女人
这个普通的女人是我的母亲……

2017 年 4 月 22 日

玫瑰乡的歌吟

玫瑰含着细小的嫩芽
孕着我的真诚

从梨树上落下一朵花瓣
是一粒鸟鸣,敲醒我沉睡的梦

啄木鸟在敲打,嗒嗒嗒
每一声都是我温柔的歌吟

让我轻轻地呼唤母亲
母爱是细细的雨丝成为银线根根

让我暖暖地呼唤父亲
屋后的彩凤山就是你的化身

让我热情地呼唤乡亲
玫瑰乡孕育着我的生命

梨花正浓,乡音正醇
玫瑰乡一往情深……

2017 年 4 月 24 日

青海湖畔……

白牦牛望着远方
我从它的眼睛里
看到湖蓝色的天
远处飘着的经幡
一朵黄色的小花
静静地独自开放

2017 年 5 月 1 日

夏夜之水仙

竟如此之静
纯洁而尊贵
月光碎于水
水仙的足音
心事何隐忍

蜻蜓的薄翅
扇梦之呓语
让我轻轻地
捡拾明媚的
回忆和自己

夏夜之水仙
以顾盼之姿
迎雪莱济慈
听海的声音
心追踪而至

夏夜之寂静

犹白瓷裂纹
千年的禅心
化清梦为蝶
轻落于水仙

2017年5月26日

读你的那一小段时光

读你的那一小段时光
是从一场刚刚结束的
细雨开始的 像结束了
一段生活的沉闷带来的窒息

读你的那一小段时光里
夜色凌乱而潮湿
像是狂风又像是急促地呼吸
身躯上被岁月侵蚀的斑斑锈迹
因此而富有了诗意

窗外暮霭沉沉雨意正浓
暧昧的灯光仿佛风,吹动窗帘

读你的那一小段时光里
想到了真 善 美
也想到了圣洁的爱情
想到了大山深处朴实的笑容
也想到麦地在月光下受孕

读你的那一小段时光里
你也在读我就像读无边的夜色
游弋闪烁的灯光如优美的旋律
时而低沉 时而激昂
像水一样从我的身体漫过

读你的那一小段时光里
我身体里的村庄充满渴望
我闻到了故乡的玫瑰花
在无边的暗夜里,吐着
馥郁的芳香……

读你的那一小段时光里
在孕着暴雨的夏夜里
乘黑色的翅膀
或者喊叫,或者飞翔……

2017 年 6 月 6 日

疼痛

在这个没有一丝风
漆黑的夏夜
在十九楼,想送给你
一件礼物
就是夏夜的蛙鼓和蝉鸣
那是夏夜暴雨过后的
一阵淡蓝色的疼痛
你一声呼唤就能牵来的
沉没的暮鼓晨钟

真的想有一次美丽而哀怨的
遇见,遇见我心中的流水潺潺
情人的深情款款,你给了我幸福
我却给了你,悲哀和伤痛
在这个美丽的夏天
祁连山的雪化了
会变成什么
变成故乡的晨露或者是
茂盛田野的雾岚

十九楼,窗外漆黑一片
我想送你一件礼物
室内,平安树反射微笑的光芒
绿萝拔节,雏菊惆怅
送给你我的疼痛和忧伤

冬天的雪已化了
心中的村庄赤裸着滚烫的胸膛
故乡的玫瑰谢了
老家小院的杏子孕着饱满的希望

亲爱的
此时的寂静是你的
也是我的
想起我们初见的时光
我和彩凤山彼此对望
隔着五十五公里的距离互相欣赏
那时天空弥散着
玫瑰和沙枣花馥郁的芳香

亲爱的故乡
今夜,我在他乡
没有一丝风的夏夜

我只有一颗空空的心
平添了疼痛和哀伤
将在何处安放
在何处安放……

2017 年 6 月 20 日凌晨

小树林

就如此安静地坐着
在干净的夕阳
透过小树林斑斓的光影里
金黄色的小野花在身边轻轻地摇曳
长尾巴的鸟鸣着盛夏的美好

嘤嘤嗡嗡的虫声
在耳边画优美的曲线
在谈论时间和风的方向
举首间 几片云从远山飘下来

夕阳如尘烟如细雨如呢喃
庄浪河从小树林西边安静地流过
细碎的波浪扇动小小的翅膀
闪烁着白色的光
岸边几只水鸟嬉戏喽喋
转眼飞向河对岸去了

就如此安静地坐着

在洒满夕阳光影斑驳的小树林里
蜗牛在去年的落叶里睡觉
甲虫躲在土里
是因为爱 所以卑微？

就如此安静地坐着
在小城一隅的小树林里
瞬息间 鸟鸣虫语的细节
超越扩大而至于虚无
树荫浓密　寂寥广阔

2016 年 6 月 21 日

凤凰古城（组诗）

青石板路

当黎明的微雨
从你肌肤渗出

沱江从身边缓缓流过
轻轻地一吻
便探测出爱情的温度

一只白鹭飞起
翅膀拍打出
一条长长的小路

在青石雨巷的深处
一袭长裙的背影

翠翠从雨中而去……

吊脚楼

掩于青山
浮于碧水

小巧玲珑
古色古香
飞檐翘角
描龙画凤

晨光熹微中
凄美的爱情故事
从半梦半醒中
一跃而出

吊脚楼里
临水的窗边
着苗服的女子
绣五彩云霞
有哀婉的歌声
从深深的巷子里飘出
如一条迎风的丝带

黄昏时分

整个沱江两岸
骤然亮了起来
灯火高高低低
参差错落
银色的月光
从酒坛中流出

满江的酒在流
醉了烟雨边城
名叫"沱江小醉"的
酒馆,红着脸
摇摇欲坠

在"印象湘西"
"遇见美丽"
于"时光走廊"
"偶遇""神话"
"夜凤凰"乘万里清风
"守望者"载浩浩明月

远道而来的游客
可否用月光
把诗写在窗下的酒吧里
可否在这些酒吧里

痛饮,醉死一次?

优美的文字

这里是
一川烟雨水墨的江湖
宜歌唱,宜绘画,宜吟诗
宜江边小坐,宜月下独酌

木质的牌匾朴拙古雅
用桐油泡过油亮光滑
也许你仅仅是路过
或许是在檐下避雨
看见牌匾上的文字
定然驻足不前

但见:
"为了你,这座古城等待了千年"
"邂逅一个人,艳遇一座城"
"来到凤凰,你孤单没有错,
有错的是,明明孤单了
还不来印象湘西酒吧"

但见:

"用一杯咖啡的时间来想你。"
"我颠倒了整个世界,
只为摆正你的倒影……"
"爱的开始是一个眼神,
爱的结束是无界的苍穹。"
"心若没有栖息的地方,
到哪里都是流浪。"

但见:
"凡事都有偶然的凑巧,
结果却又如宿命的必然。"
"如果没有你,沿途的风景再美,
也将会黯然失色……"
"我还在原地等你,
你却忘记曾来过这里。"
"下一个路口,我想遇见你。"
"叶落的时候,你明白欢聚,
花谢的时候,你明白青春。"
湘西的魅力在哪里?

在沈从文的书里
在黄永玉的画里
在宋祖英的歌里……

2017 年 6 月 23 日

初秋之夜……

祁连山下火一样的夏日
在红色石头上擦出
最后的火花……

今夜 秋天来临
让我们在凉爽的秋风里
谈谈人生,谈谈爱情,也谈谈
人到中年的收获和郁闷

今夜 秋天来临
让我们在银辉的月光里
种下一棵桂花或者栽一垄玫瑰
让我们晚年时喝桂花酒
品人生之况味

今夜 秋天来临
让我们在收获的季节里
写一首诗
把最美的回忆珍藏在诗行里

画一幅金灿灿的画
如凡·高的向日葵一样的画
把爱我的人和我爱的人
小心翼翼地刻画

今夜 秋天来临
让我们一起收集硕果和落叶
收集葡萄 收集欢笑 也收集乡愁
然后分给风分给云分给流水
自己也留一些,酿一瓶
陈年的红酒

2017 年 8 月 7 日

父亲

父亲从来不爱穿新衣服
因为多贵多新的衣服
总是会被他的烟头烫伤
伤痕累累的衣服

父亲,在我的记忆里
好像从来没有年轻过
他是怎样的从十八岁的队长
从三十岁的村干部
从四十岁为乡镇企业的发展
跑遍大江南北找销路
变得如此衰老

父亲,在我的记忆里
似乎一直和病魔做抗争
和神经衰弱斗争,和抑郁症斗争
和焦虑症斗争,现在正在和
颈椎病、腰腿痛斗争

父亲,七十二岁的父亲
如今,你和我七十岁的母亲
在乡下依然和命运较劲
今夜,窗外秋月如水
爬上你疲惫的皱纹
也浸凉我四十六岁的日月和星辰

2017 年 8 月 17 日

无题

爱,往往从湖中的
一片树叶开始
他从十九楼一直望下去
他的头,随窗外的春风
与树叶一起倾斜

他呼唤着一个名字
这名字啊!有时候
叫柴火,有时候
叫麦子,或者只是一声
咳嗽,远方的一扇窗
透细微的光

他在心里喊出这些词语时
就暗暗地抱紧了春夜,然后
把自己埋入无边无际的
孤独……

2018年3月7日

故乡笔记

1

早晨出门的时候
冬天温暖的阳光从屋后的
彩凤山洒下来……
金黄金黄的,像凤凰的羽毛

一只乌鸦蹲在
邻居北墙和西墙的拐角处
像一个隐喻,又像一尊打坐的佛
心怀悲悯,俯视着光秃秃的原野
墙下面的空地上
三五只麻雀在荒草里捡拾光阴
我轻微的步声让它们不安
但我坚信:
我并非有意打扰他们的生活
透过干枯的树枝
远处还没有解冻的庄浪河
像一条冬眠的银蛇

偶尔有一列火车从它的身边
飞驰而过

眼前这熟悉的一切
让我的心猛然痛了一下
我仿佛看到
在残雪尚未消融的田野里
一个扫树叶的少年
身着一间破旧的棉袄,且有
一双激情燃烧的眼睛……

2

这里有
世上最厚最厚的黄土
是那种像麦子一样的黄
像在它身上,祖祖辈辈劳作的
乡民的脸,一样的黄
像累死在它怀里祖父、祖母的躯体
一样的黄……

祁连山的春风
越过肋骨,穿过它黄色的胸腔
裹挟着牛荆子、芨芨草的味道

在庄浪河河谷吹醒
沉睡的村庄

回乡过年的村民
让村口等待的一双双
儿童和老人的眼睛充满了希望
让羸弱的村庄变得厚实而饱满
在这里,在故乡的上空
多了许多欢实的笑声
多了几缕温暖的炊烟

这里有世上
最厚最厚的黄土
最厚最厚的黄土里
埋着我的祖父祖母
最厚最厚的黄土上
生活着我的爹,我的娘
我会把最深情的目光
时常在你身上安放……

3

屋后彩凤山顶的
那座小庙

还是那样,像一只鹰
站在鎏金的寺顶
一站就是几十年
在我的心里
这一直是一道
苍凉的而绝美的风景
是每一个回乡的人
最先看到的
最温暖的风景
也是每一个离乡的人
行囊里要装着的风景

太阳,每一天从你的身后
升起,又看着从对面的山上
落下,离乡的人还把
从你头顶夜夜升起的月亮
堆积在心上……

4

当火一样的红夕阳
从东房子的门面墙新贴的
淡青色的瓷砖上
拾级而上的时候

飘起了春雪,没有声音
落下便悄然融入大地
但墙上能看到,雪花飘落的影子
仿佛是雪在纸上燃烧,那时
我不禁走到院子里,如孩童般
仰起头颅,张开双臂
像记忆中的那帧照片
拥抱雪花,拥抱远去的童年
拥抱被白雪覆盖过的村庄
拥抱多梨树、杏树、桃树的村庄

也迎接那些充满怀想的
扑面而来的春光……

5

月亮升起的夜晚
院子里高大的杏树
伸开千万条干枯的臂膀
在小院的地上,写
长长短短抒情的诗行

屋后群山打坐,缄默不语
门前田野沉睡,村庄安详

在这十里铺村月色堆积的小院
装着太多爷爷和父亲讲过的故事
但今夜,我抿紧嘴唇
绝不说出十里铺村的秘密

树

我在心里时常把自己比作
一棵树,只是不敢
说出……
春天已到来
我便张开臂膀,仰望群星
仰望饱满的月光……然后
把灵魂交给月亮,把来生
交给故乡,把过去交给
一缕孱弱的灯光……

地面以下,已是深冬
越是冷,我便扎的逾深
为了明天的光明
我仅暗暗地
喊了一声"痛!"

梦之外

情人在梦中,渐渐地
虚无,仿佛对我歌着
竟这样的渺茫……
不必为我的过去忧伤
也不必为人生吟唱

情人,今夜月光正浓
春意淡淡如烟,如梦……
风是清的
月是圆的
今夜,在白色的窗帘上
堆积月光
如积水,若一层淡淡的霜

情人,我只能
在渺茫的梦中,孤芳

春夜与李白对饮

庄浪河一路向东,在河口
流入黄河,而后
奔流到海不回头

我与李白对饮
你端高力士的酒杯
骇人的意象,石破,天惊

你从长安来与杜甫相遇
桃花潭纵然千尺,万尺
仗剑,去国,为君王死

春夜,品你的五绝七绝
温一碗盛唐的酒吧
来来!请坐,我要与你共饮

酒香,在月亮上
与云雾腾升
千年后的相聚

猝然一惊,点亮
我春夜晦涩的心灯
我为你写一首诗

波涛汹涌
趁着这醉酒的春夜
李白,你懂我亦懂

今夜,你我对视
大笑一声且出门
我辈岂是蓬蒿人

2018 年 3 月 15 日

初春漫笔（组诗）

踏青

下午散学的时候，初春的阳光
从庄浪河对岸仁寿山顶斜下来

校门小广场阳光灿烂一片辉煌
来往的行人不紧不慢行色从容

迎着春天的阳光行走大口呼吸
南面吹来的风，富含花的心事

万物在松软的泥土里蓄势待发
树枝间鸟影晃动一只五只七只

小河春水涣涣，寄愁心于流年
对岸群山阴影里飘出几缕炊烟

这时候我会更加迷恋这个曾经
被我厌恶过的欺世盗名的世间

一粒鸟鸣

伫立于铺满鹅卵石的小径
在一棵刚吐新芽的松树旁
正惊异于它可人儿的绿
一声清脆的鸟鸣
从头顶落下来,一声脆响
绿色猝然铺满心田
抬头的瞬间
一只叫不上名字的鸟
从黄昏巨大的阴影里飞出来
羽毛明亮,粘满春天
粘满春天温柔而多汁的气息
目光紧追轻盈而多情的双翅
它飞过波光粼粼的小河
落入慈祥而悲悯的大地
我且行且吟……

三月草木葳蕤
四月繁花似锦

春夜无声

我的眼,望断
一枚弯月,一颗小小的心
落入你的掌心
任其生长或死亡

春夜着一袭黑衣
裹紧我的悲与喜
拥你入怀,掬你入口
我们共同掏空对方的秘密

春夜渗在你的肌肤里
微微凉,玉碎
春水涣涣,消逝于
春夜无声……

2018 年 3 月 15 日

你,是我生命里的一场宿醉

背山而居,门前流水
彩凤安睡
小溪缠绵,在星光里
窃窃私语,你是——我生命里的一场宿醉

废弃的庙宇大门紧闭
让桃花在寂寞中冷艳
让春蝶死吻夏日玫瑰
空山 空灵 空杯

老屋在春风里焕然一新
十三岁离家的少年,在内心
把你从低处远处追寻
你是我心中的一场宿醉

你是雪雨霏霏中的一朵冷艳的红梅
也是习习春风里的一只斑斓的彩蝶
更是炎炎夏日中的一袭白纱的情切
秋夜雨绵绵——花冥 草枯 月落

老屋,我想挨着你的灵魂取暖
就像祖辈埋入黄色的大地
爷爷的坟头今夜长一地的新绿
陡岘子山头真是一块风水宝地

故乡,老屋,老屋,故乡
父辈经历过的苦难和泪水
还有我们过家家嬉戏的爱情
是我心里的一场难以释怀的
宿醉……

2018 年 3 月 20 日

四月,推开一扇窗

四月,推开一扇向西的窗
迎面扑来暖暖的夕阳
春天微醺,脉脉斜阳里
人间四月天,裹一袭
薄纱的梦,春风轻轻撩拨
窗纱的深红,土地送来暗香
窗前,庄浪河向南
缓缓流淌……两岸,冰草抽芽
人间,岁月静谧 时光安详
从来没有像今天这样注目
从来没有像今天在注目中深藏
柳芽儿含浅浅的笑,桃花
在受孕的枝头点燃
瞬间,黄昏像潮水般陷落
田野在白昼最后的光线里静穆
屋内,灯光暧昧,夜色涌入
青春如一场微雨般蔓延和消逝
一杯上好的菊花茶 水汽氤氲
两朵菊花,被滚烫的开水灼伤

慢慢舒展,弥散幽微的芳香
渐渐地,我的内心一片汪洋
四月,推开一扇窗
窗外,夜色辽阔苍茫
玫瑰色的唇消失于虚无和空旷
落花有情 流水有情 岁月无声

2018年4月3日

李家坪的胡麻花

我的记忆还停在三十年前的那个夏天
李家坪的胡麻花如天一般的蓝
你,穿着白底蓝花的衬衫
那年,你那么年轻 笑语嫣然

今夜,春天的夜晚那么温暖
母亲,你是我永远的胡麻花
我啊!真想再次依偎在你的
臂弯……

母亲,今夜我四十七
你,七十……

我真诚地希望你和我父亲
安度晚年

2018 年 4 月 12 日

他,是我的父亲

一九九一年夏天的
一场雨,已经
在省中医院附属医院
悄然降落,如血液
用我的血液,浇灌
他的血液

我无法回到从前
那年他四十五岁,我
二十岁,一个月里
我静静地守候他的病床
一阵清风把我摇晃

那个老人,在玫瑰乡
像一棵挺拔的枯树
屹立彩凤山下

今年你七十三,我

四十七……

他,就是我的
父亲……

2018 年 4 月 12 日

我时常低头走路

我时常低头走路,这么多年
我捡到过银币,也捡到过
更多锈迹斑斑的岁月

因为,我不敢抬头
仰望,灿烂的阳光
春天一样温暖的晨阳

从我,身边走过的每一个
迷人的眼神,我低着头
悄悄地珍藏

我时常低头走路
偶尔抬头,我
不安地把这个
世界静静地打量

2018 年 4 月

故乡的一缕炊烟

春夜里我如此寂寞,就像
故乡那缕孤独的炊烟,我记得
爱情一样温馨的童年

身体内玫瑰花的芬芳,指向
一缕沉重的乡愁
一个少年背一捆柴火,深藏
心中……
一个心思在熊熊火焰里
点燃……

今夜,让我痛苦,让我幸福
哦,故乡的一缕
炊烟

哦,炊烟

2018 年 4 月

后记

  我出生在美丽的"中国玫瑰之乡"——永登县苦水镇十里铺村,是一个地道的农民的儿子。家乡的水土滋养了我的生命和秉性,家乡古今的美好传说浸润了我的灵魂,家乡如画的风景,如诗的田园生活是我终身难以割舍的梦境。我生命的旅程由此出发,离家乡愈远而爱之愈切。从读书到工作辗转奔走的间隙,总是有一种牵念于家的情愫让我用稚嫩的笔触去记录下生活的甘甜与苦涩,于是我选择了诗歌,选择了糅合了家乡泥土芬芳的语言来表达对故乡的崇敬与爱恋。我很幸运,能够坚持下来。

  真正动起创作诗歌的念头是 2013 年前后,那时距我姐姐去世已过去近十年,距奶奶去世已过去十五年。在这期间,我不时地陷入对她们的痛苦回忆,继而是回忆童年荒寒岁月中的父母劬劳的点点滴滴,尤其对芳华早谢的姐姐更是刻骨铭心。她美丽善良,聪明能干,小学毕业后就早早在家务农干活、在乡镇企业打工、在磨坊磨面榨油,用以贴补家用和供我这个唯一的弟弟上学。她壮实的体格和辛勤劳作的身影至今犹历历在目。她出嫁时家境还不是很好,出嫁后生活得更辛酸……正当家境渐渐好转的时候,一场意外,老天爷生生地剥夺她如花的生命。姐姐遽然从我的生命里消逝,让我对命运有了真正的认识。我几乎不敢用这些回忆,来试图与内心的伤痕进行和解,试图让她原谅我种种对她的不好,然而这些都无济于事。要平抚内心的不安，消释心中的块垒，我想用怎样一种方式去寄托思念呢？就写诗。

在我写过的诗中，没有一首不由具体的生活瞬间，某个打动人心的画面引起回忆而催生诗情。当某个眼前的生活场景，或者某个物象、画面让我脑海颤动时，我就一直对此郁结于心，不吐不快，待到夜深人静之时，我就把对亲人的思念，对故乡的热爱，对美好生活的渴望，对事业的追求便抒之笔端。在这种写作方法的催逼下，在自责和不安的情绪下，伴随着前辈的鼓励，断断续续写了不少姑且称之为诗的文字。当然，在刚刚开始写诗时，其中有许多不乏借鉴、仿照之作。可喜的是这些真诚的抒写伴随着我一路断断续续坚持到现在。

诗歌的体裁要求它要以尽可能少的语言，呈现尽可能多的内容，写到一定的时候便出现了瓶颈，感觉写作的诗歌题材狭隘，想象力和悟性不足。正如在写作中给予我许多鼓励和帮助的路兴国老师所批评的："……这种感情似乎有固化的态势，显示了其狭小抒情的一面。再者，写月光、太阳、雨水、白雪和春、夏、秋、冬以及夜色、校园、酒饮等所运用的意象用很多的篇幅反复来描摹和抒写，可见其诗歌在题材选择上的偏执性。用足够的笔墨，但依旧没有写得十分看好。所用诗歌的语言的粗疏和诗歌思维乱象是显而易见的，许多是臆想的空洞……"在很多师友的鼓励和鞭策下我一边坚持不懈写作，一边不断否定自己，甚至一度时间甚感苦恼直至搁笔。

以后的很多日子我是在苦恼和纠结中度过的，一度时间甚至出现过不再写下去的念头。与其这样，还不如静下心来读书，先后读了冯友兰先生的《中国哲学史》和南怀瑾大师的《论语别裁》《孟子旁通》《老子他说》《中庸讲记》《原本大学微言》《庄子諵譁》《历史的经验》等著作，在读的过程中边读边做笔记边摘录。这些书籍让我纠结的心逐渐地沉静了下来，甚至让我眼界大开。人生苦短，做人宜简。要耐得住寂寞，人生才会有深厚的积淀，唯有如此，才能认清自我，接纳别人。也让我明白了一个道理：做学问的目的，归根结底都是为了学做人、学做事，为了生活，自己和别人的生活，为了这个世界更美好，为了生活更开心更舒适。在这段潜心读书的日子里，我的心灵是平静的。而这种平静又点燃了我继续写下去的念头，之后就一边写一边开始阅读外国诗人的作品，歌德、叶芝、叶赛宁、拜伦、惠特曼、雪莱、赫尔博斯、米沃什等，使我逐渐的迷恋于这些与中国传统表达不同的外国诗。特别是读了《叶赛宁诗选》后，他的诗歌中所表现的人生的欢乐和忧愁，人类灵魂细致的波动和深刻的感触，鲜明的形象，充满着真诚、深挚、细腻和丰富的感情，强烈和醉人的艺术魅力，给我造成巨大的冲击，我喜欢这种情感表达上的真诚、深挚、细腻。之后我便开始学习和模仿，在写作上力求简洁、质朴、真诚。这时候我的诗歌写作的题材视野变得稍微宽泛了一些，情感表达更为细腻了一些，更善于从生活中挖掘触动灵魂的瞬间，也体会出来诗歌来源于生活的真谛。

就这样在纠结中前行,在徘徊中坚持,只是走在自己的路上。在写作中坚持着一些自己的想法,也拒绝着一些东西。让我感到欣慰的是诗歌成为我心灵的慰藉,在不知不觉中影响了我的生活,它开阔了眼界,广交了朋友,丰富了人生阅历。诗歌的力量,让我的生命历程有了底蕴和亮色。

每写完一首诗后,我就把它放在我的QQ空间里面,让我志同道合的朋友先睹为快,期间得到了不少朋友的点赞和批评,但更多是鼓励。在朋友的鞭策和鼓励之下就动了把这些文字结集出版的念头。按照时间顺序一一从QQ空间中整理出来,然后做了遴选和修改,在修改的过程中感觉是对自己的心路历程做了一次回顾和反省,有几次竟读得泪水潸然!现在我把这些文字拿出来结集出版,心情是忐忑的,亦是庄重的,惶恐之心油然而生,真有"妆罢低声问夫婿,画眉深浅入时无"的感觉。

这本诗集取名《心头一抹玫瑰红》,是给了我许多批评与鼓励的路兴国老师取的。他在通读了这些文字后,认为作品中很大一部分作品是表达对故乡,对父母,对乡亲深深的眷恋之情,家乡又被称为"中国玫瑰之乡",他一提出我便脱口而出"就叫这个名字"。这个书名是我个人的远景与期望,也是我对过去生活的感恩。这本书出版之前,我想深深感谢和我仅有一面之交的当代诗人,甘肃省作家协会副主席牛庆国先生。我在刚刚写诗的时候就读

过他的很多作品，深受影响。我的许多作品都有牛庆国先生作品的影子。就在本书出版前夕，他答应为我的诗集作序，同时也毫不吝惜地批评了我作品中的许多不足，给了我莫大的鼓励，使我有了继续写下去的信心和勇气。感谢路兴国先生在我写作诗歌一路前行的路上给了许多的鼓励，是他的鼓励让我不妄自菲薄，他的鼓励使我最后做出了结集出版的决定。感谢敦煌文艺出版社的蔡志文、杜鹏鹏和漆晓勤三位老师，是他们的关注、共识、支持，尤其是杜鹏鹏老师认真耐心的精神使我深怀感动。这本诗集得以结集出版，还要感谢我的妻子苗芸和女儿王静晓对我的大力支持，尤其是爱人对我的生活上任劳任怨的多方照顾，我才有现在比较安稳的生活，并继续写作。最后我还要对那些给我帮助、给我温暖、给我想象的文朋诗友们一并深表谢意！我只能用我的诗，谢谢你们！少年时遇见诗歌，爱上诗歌，真正写作诗歌已到不惑之年，我的作品尚达不到大家期待的高质量。最后我还想说的是：诗歌的魅力会让已经感受到甜蜜的我充满信心的继续写下去，我要为我所热爱的土地与蓝天，为我所热爱的玫瑰与诗歌写下去，无论如何！

王玉良2018年暮秋于兰州永登古令轩